José Antonio Benítez

Literatría furtiva en azz

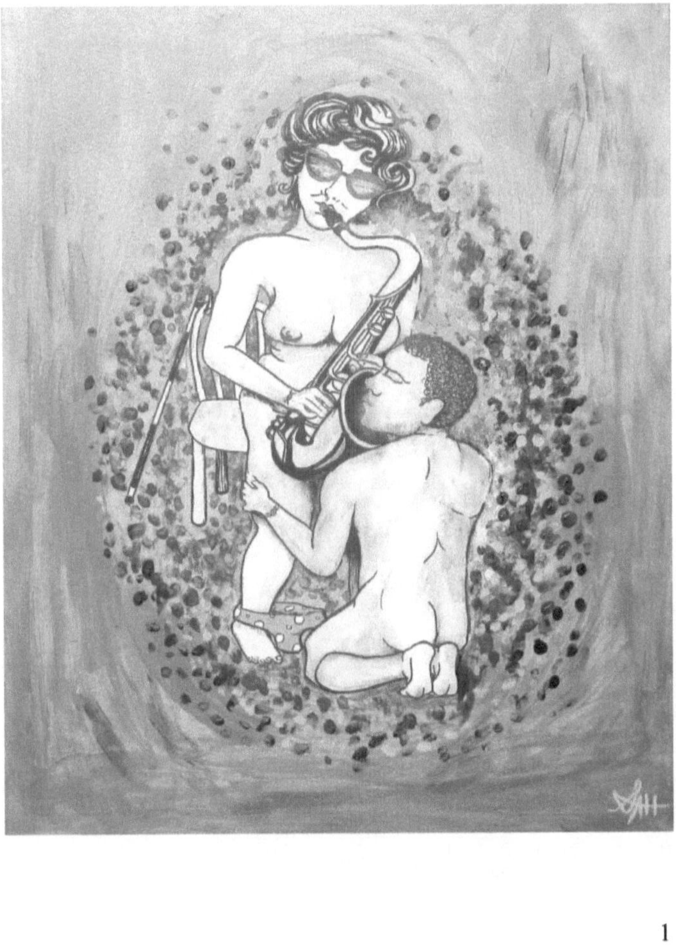

Derechos reservados de José Antonio Benítez, 2015

Literatría furtiva en jazz

Escrito:
José Antonio Benítez
jose@literatria.com

Arte de portada y viñetas:
Saimara Alejandro Hernández
saimaraalejandro@hotmail.com

Concepto de portada: José Antonio Benítez

Diseño del título:
Mary Ely Marrero-Pérez
maryelymp@gmail.com

ISBN:

lamarucagestaculturalvitrata@gmail.com

COLECCIÓN IMAGO

Edición:
Mary Ely Marrero-Pére
maryelymp@gmail.com

Correción:
Marlyn Cruz Centeno
marlyncruzcenteno@gmail.com
Rosa Margarita Hernández
rosa.margret@gmail.com
Consuelo Arias Briceño
conarbri@gmail.com

_____

HECHO EN PUERTO RICO
Segunda edición: octubre de 2015

Contenido

Asama lico

A Edna González, Eduardo Cánovas, Evelyn Velázquez, Laura del Moral, Mayra Ortiz, Sonia Santiago, Tati Fridman, Víctor Figueroa y al resto de Madres, Familiares y Amigos contra la guerra.

Sonó el teléfono móvil. Manolo lo agarró con la mano izquierda, mientras con la otra marcaba la opción de guardar el documento que editaba. Pudo ver en la pantalla del teléfono que se trataba de Mili. De inmediato contestó:

—¡Hola Mili! ¿Está todo bien?

—Hola, Manolo. No, no está todo bien. Si pueden venir... ya sabes... Carlos...

—Estaremos allá enseguida.

Manolo tomó las llaves del auto y antes de abordarlo llamó a Puchito.

—¿Estás en la casa? —preguntó Manolo— En diez minutos estoy ahí... Mili llamó, parece que Carlitos se puso malo.

Al llegar, Puchito se montó en el auto y luego de darle con la palma de la mano abierta al muslo derecho de su amigo, se acomodó en el asiento sin ninguna otra forma de saludo, sin preguntas ni comentarios. Manolo volvió a comunicarse con Mili, para hacerle saber que estaban cerca.

Carlitos era el otro elemento de la tripleta inseparable. Estaban juntos desde la primaria. Luego de la secundaria, Carlitos, inspirado por su tío, se enlistó en el ejército. Regresó hace poco más de un año de Iraq y desde entonces, ha habido problemas. La última vez que se le oyó contento fue hace cuatro meses, cuando anunció que Mili, según la expresión que usó, "estaba con criatura".

Llegaron. Mili estaba afuera, cubierta con una bata larga y abrigada. El vientre era notable en una mujer tan delgada.

Hicieron los saludos de rigor. Manolo notó el rojo y la hinchazón en los ojos de Mili. La abrazó y le creó el espacio para que ella comentara lo de la crisis. Todo esto sin necesidad de preguntar. Ella comenzó con el asunto del vecino. Les contó que Carlos caminaba por la acera de en frente, cuando el perro del hijo de siete años del vecino, le ladró. Carlos se ensañó contra el perro. El niño recogió al animal y corrió a ponerlo a salvo en el balcón de su casa, a donde Carlos fue a parar. Allí le salió el padre del niño. Ambos discutieron y luego de unos días fueron ante un juez para que resolviera el asunto. Se determinó que Carlos no debía caminar por ese lado de la acera. El vecino habló con Mili para hacerle saber que reconocía de los problemas comunes a muchos veteranos. Este añadió que su esposa trabajaba con psicólogos que hablaban todo el tiempo del síndrome del estrés post traumático.

Los muchachos entraron a la casa, sin mediar el repetido anuncio de Mili que sus mejores amigos estaban ahí. Manolo tocó la puerta del dormitorio y le pidió a Carlitos que abriera, que Puchito también estaba ahí.

Manolo tenía conocimientos en psicología, los de Puchito eran en computadoras. Un lloroso Carlitos abrió la puerta y de inmediato se confundió en un abrazo con Manolo. Mientras, sobre el hombro del amigo, veía a Mili también llorosa.

Puchito entró a la habitación y con los nudillos le frotó la cabeza a Carlos que todavía estaba en los brazos de Manolo. Se percató que la computadora estaba prendida y de inmediato se sentó en la silla que Carlos había tomado del comedor.

—Todavía tienes esta cafetera... te voy a armar una con más memoria y un disco de más capacidad. No

8

sé cómo puedes trabajar con este ábaco. Puchito hacía su parte en el plan con Manolo. Él se encargaría de enterarse en qué lugares había estado Carlos en la red, mientras Manolo lo ayudaba a desahogarse y velar que se tomara las medicinas.

Mili, sentada en una de las dos butacas de la sala, podía escuchar las risas que venían del cuarto. Las crisis de su esposo las había manejado con mucha dificultad. Había dado todo por su compañero, pero en esta ocasión sería distinto. Estaba decidida a ser solamente madre... lo de esposa lo manejaría luego.

Dentro de unos minutos, empezaría la ceremonia de ellos al salir de allí. Carlos la abrazaría y le pediría perdón. Los muchachos se comprometerían a venir al menos una vez por semana. Ella prometería una cena, ver álbumes con fotos de mejores tiempos y un karaoke para hacer el ridículo una vez más.

Se consumó el rito. Afuera, mientras Manolo y Puchito se acomodaban en el auto, Mili les interrumpió el aire triunfal que llevaban. Manolo abrió el cristal para escucharla.

—Creo que me quedaré en casa de mami —dijo Mili sin preámbulo.

Ellos se miraron. Sin esperar preguntas ella continuó.

—Hoy en la mañana, traté de que Carlos olvidara lo del vecino. Me quité la bata y le enseñé la barriga para que la tocara. Se puso violento y me gritó. Me dijo que nunca más hiciera eso, que me cubriera. Hasta me sentó en la cama de un empujón.

La boca de Puchito se negó a cerrar. Ella terminó todo con un:

—Hablamos mañana, o mejor dicho, pasado mañana, pues lo llevaré a Veteranos. Nos vamos a pasar el día entero allí, como siempre —dio la espalda y se retiró.

En el camino, Puchito rindió el informe de los lugares que visitó Carlos en la Internet.

—Nada nuevo: cosas relacionadas al *GI Bill* y al grupo ese de *Support Our Troops*.

Lo que le llamó la atención, fue que en la lista de expresiones con las que hizo varias búsquedas, se encontraba algo así como: "asama lico", "sama lico" y cosas parecidas. Le prometió a Manolo que inmediatamente llegara a su casa, haría una búsqueda similar. Les parecieron palabras árabes.

Llegó el sábado. Carlos estaba sentado en una silla del comedor que usaba en el balcón. Escuchaba un programa de radio en el cual un pacifista, un representante de la comunidad musulmana y un reclutador del ejército hablaban de la situación en Iraq y Afganistán.

—¡Cabrón! —exclamó Carlos, aunque esta vez él mismo no sabía a qué panelista le asignaba el adjetivo.

Mili se despidió diciéndole que estaría con su madre toda la mañana. El plan de ella era hablar con su madre y en la tarde darle la noticia a él de que se mudaría.

El hombre de la radio, que debió ser el musulmán, saludó al moderador.

—Assalamu alaikum —y añadió— que la paz de Dios esté contigo.

Carlos quedó paralizado. Ahora la expresión tenía sentido. Se dirigió a la computadora que siempre estaba prendida. Trató algunas expresiones en el buscador. En una de ellas se leía: *Quizás quiso decir: assalamu alaikum.*

Leyó todo lo que encontró sobre el tema. También repitió en varias ocasiones la respuesta a ese saludo: *wa alaikum assalam.*

Todo le llegó a la mente como una película. A seis días de haber llegado a su segunda incursión a Iraq, irrumpieron en una comunidad donde vio a una mujer

10

con su burka que buscaba algo en su cintura y le decía algo en árabe. La tensión de esos días le facilitó a Carlos el manejo del gatillo y disparó. La mujer cayó por los tres escalones de la entrada de la casucha. Salió un niño con un perro. Los gritos del niño y los ladridos del perro pudieron atemorizar a las tropas. La caída de la mujer herida fue de tal forma que el traje quedó hacia arriba de la cintura enrollado a la altura del diafragma poniendo al descubierto un vientre con avanzado estado de gestación.

Carlos fue sacado de la escena. Los muchachos de la unidad arreglaron todo y la mujer terminó con un arma en sus manos. Recordó que el sargento siempre criticó las misiones durante el día. La noche les permitía ocultar los daños y errores como este que afectaban la moral de la unidad.

En el Consejo de Guerra, Carlos salió relativamente bien debido a que se determinó que actuó en defensa propia. Estaba en su segunda incursión en esa guerra. En la primera incursión fue de los que abrieron camino en Bagdad con la ayuda de las anfetaminas que le permitieron estar despierto por cinco días corridos. Regresó con recomendaciones para retiro por razones médicas.

Desde aquel fatídico día, lo que pudo haber dicho la mujer en aquel idioma fue un misterio.

Pasó parte de la mañana planchando su uniforme de gala. Se acicaló y ya vestido y con los guantes blancos, se dirigió a la casa del vecino. El niño y el perro lo vieron y ambos por sí solos se metieron dentro de la casa. El niño gritaba:

−¡Papi, Papi!

El padre salió al balcón evidentemente molesto. Carlos siguió su camino a la casa prohibida…

−¡*Hey!* ¡*hey!* −advertía el vecino mientras Carlos subía los dos escalones con la mano extendida.

El vecino lo miró a los ojos y se la estrechó. El niño, al lado de su padre, le permitió a Carlos sobarle la cabeza con el guante. Pero en el ángulo en que estaba, no le permitió que tocara al perro. Desde adentro se oyó a la esposa del vecino iniciar un saludo amistoso con Carlos, pero en la mirada de su marido, ella leyó claramente: "Cállate y sigue donde estabas".

Carlos, sin decir nada, regresó a su casa. En ruta pudo ver a dos hermanitos jugando. Se fijó en lo que hacían: el escenario en la acera contaba con unos soldaditos verdes y algunos marrones, y un tanque, demasiado grande en relación con los demás juguetes, que funcionaba a control remoto, y que los niños intercambiaban para aplastar a los soldaditos del otro bando. El que no sostenía el control remoto, se dedicaba a hacer ruidos de explosiones, disparos, soldados gritando órdenes y gemidos de heridos.

Cuando el menor de los niños vio a Carlos acercarse, suspendió los sonidos y ambos niños se enfrentaron a su aterradora mirada.

El mayor de los niños, improvisó un saludo militar, al que Carlos no respondió. Posiblemente porque el ángulo de la mano no era el correcto.

Carlos entró a la casa. Se sentó frente a la computadora para leer unas cosas. En ese momento, sonó el teléfono móvil. Pudo ver que era Manolo y no lo contestó. Usó la silla para alcanzar una caja que estaba sobre un pequeño gabinete al tope del mueble para la computadora. Sacó las dos condecoraciones que tenía, acomodó sobre el mueble la foto de graduación de escuela superior en la cual él era, de los tres, el único que no tenía puesto el birrete. Tomó la foto de Mili y la observó muy de cerca, como buscando algún detalle minúsculo... también la puso sobre el mueble. Se subió a la silla nuevamente, sacó de su bolsillo una llave y con ella abrió la puerta del gabinete que estaba a la derecha. Extrajo una caja envuelta en un paño. La *Beretta*, pistola que tanto le costó traerse con ayuda de los muchachos de la unidad, estaba lista para su misión.

Escuchó el sonido que hacía el teléfono cuando alguien terminaba de dejar un mensaje. Después de una pausa, Carlos volvió a recrear el rostro de la mujer; seguía escuchando su voz.

Le salió una lágrima, pero, por primera vez, desde que llegó de allá, se sintió tranquilo... Gritó ¡*Wa alaikum assalam*! ¡Que la paz sea contigo! Y se disparó en la sien derecha.

La madre de los niños que jugaban en la calle escuchó la detonación y salió de la cocina en busca de sus hijos. Los niños ya corrían en dirección a la casa, el mayor casi arrastrando al pequeño, le dijo a su madre:

—Fue de ahí, de la casa del señor loco.

Literatría

A Mary Ely Marrero-Pérez, quien conoce mucho de esta ciencia.

I

Ese día fue de los peores. Salí con una sábana para cubrir a Claudia que estaba desnuda en la acera dándole de comer a las palomas y a unos perros realengos. Ya me imaginaba los comentarios y el mote de: "esposo de la señora que está loca". Ese día olvidé darle los medicamentos a tiempo y mientras yo buscaba cosas en el cuarto, ella salió... Prometí tener más cuidado la próxima vez.

En las visitas al psiquiatra, Claudia se la pasaba diciendo cosas sin sentido. Desde el balcón, en ocasiones, estaba horas diciendo cosas y mencionando personas que yo no conocía. Cantaba canciones que, al menos, no las había escuchado en la radio.

Un día nos visitó una joven vecina. Estudiaba en la universidad y se decía que era muy inteligente. En esa visita me enteré de que se llamaba Mariema. Conocía a su padre y el patio de la parte de atrás de su casa se podía ver desde mi balcón.

De inmediato, me disculpé por el incidente del otro día refiriéndome al desnudo de Claudia. Me dijo que quería hablar con ella. Le dije que dormía, pero que agradecía ese gesto. Le confesé que tenía curiosidad por saber de qué quería hablarle. Me dijo que de literatura.

—¿De literatura? —pregunté asombrado—. No creo que mi esposa sepa mucho de literatura.

—¿Desde cuándo la conoce? —preguntó la joven interesada.

—Nos casamos hace cuatro años, aunque sé que fue maestra hace mucho tiempo. Al principio tuvo problemas físicos, ahora estamos confrontando un asunto de problemas mentales.

–No creo que tenga ningún problema mental.

La miré bien a los ojos y traté de ir con un poco de calma, pues se había dicho que los jóvenes universitarios eran un poco idealistas y en ocasiones se les hacía difícil entender la realidad.

–A mí me gustaría pensar como usted, señorita, pero un psiquiatra, que fue muchos años a la universidad y conoce de la conducta humana... determinó... que ella tiene problemas.

No me pareció convencerla y tuve que preguntar:

–¿Qué le hace pensar a usted que ella es... normal?

–Su esposa solo cita y declama literatura. Eso no es motivo para catalogarla de... "con problemas".

–Pero no funciona en lo cotidiano, que es lo importante.

–A veces ser uno mismo, y ser normal y funcional no son la misma cosa.

En ese momento Claudia salió del cuarto. Hice las presentaciones correspondientes y Claudia mostró alegría por la visita. Ella siempre ha sido una mujer muy atenta y de la cocina comenzó a ofrecerle cosas a la joven. Le gritaba:

–Nena, ¿quieres jugo y galletas?

Mariema contestó que no a todo. Le hice saber que en esos momentos Claudia estaba tranquila con todos los medicamentos y que notara la diferencia en la conducta comparada con el día del exhibicionismo.

Claudia luego se sentó en el sofá, con el remoto puso el televisor en un programa, que cuando está sedada, ve con mucho interés. A veces, también veo ese programa. Le explicamos a la joven que consistía en una juez que evalúa casos y al final, da con el mallete y reparte justicia.

Mariema se despidió y dijo que vendría otro día a hablar con Claudia.

—¿Ella está actuando normal? —me preguntó en la puerta.

—Está mucho mejor que ayer. Usted la vio y escuchó, se comportó como el resto de las personas.

—Ella no es como el resto de las personas —sentenció y partió.

Al otro día regresó Mariema en los momentos en que Claudia se ponía un poco difícil. En presencia de la muchacha se sentó en mi falda, con la bata abierta y los pechos expuestos y me llamó Felipe. Hace mucho que me acostumbré a que me llamara de otra forma que no fuera Miguel o Migue, como solía decirme, y en ese momento ya estaba preparado.

—De verdad que eres hermoso... ¡No quiero que me llamen loca! —me dijo Claudia alzando un poco la voz.

—No, mi amor, nadie te llama de esa forma...

—Quiero que me llamen Juana de Castilla —me interrumpió.

Miré a Mariema que estaba en la butaca y creí observar una sonrisa.

Le di los medicamentos a Claudia y la llevé al cuarto. Quedé con Mariema hablando de mi esposa, del tratamiento, de su familia, de la hermana que se quitó la vida, de su padre que vivía solo y de muchas cosas más.

Tres días después, la joven me confesó que con la información que le di, había llegado a la casa de mi suegro.

—¿Que usted fue a dónde? —pregunté algo exaltado.

–Hablé con el padre de Claudia y me dijo que tenía los libros en un cuarto y que pensaba darlos a alguna escuela.

–¿Qué libros?

–Los libros que han contribuido a que Claudia tenga la extraordinaria mente que tiene.

–Ya le dije, señorita, que Claudia tiene unos problemas que estamos solucionando.

–Busquemos los libros para ayudar a Claudia, si usted no ve diferencia, puede montar los libros en la camioneta nuevamente y los donamos a unas escuelas que conozco.

Accedí, pues esta muchacha parece que piensa en todo y que sabe lo que está haciendo. De hecho, estábamos parados cerca de la puerta antes de salir hacia la casa de mi suegro. El cielo se veía un poco nublado. La joven entró por el pasillo hacia el baño y desde allá trajo una cortina plástica.

–Para los libros, por si llueve –dijo sin mirarme.

Me detuve un momento para pedirle a una vecina que velara por Claudia, pues yo estaría fuera un momento, aunque aquello de estar pendiente no se le haría difícil.

II

El suegro nos recibió de forma muy amable. Mariema lo besó en la mejilla, parece que en la conversación previa se agradaron mutuamente. El viejo abrió la puerta y pude ver centenares de libros. Conversé con él acerca de todo aquello y trajo a Lucila a la conversación. Lucila, la hermana de Claudia, la que se había suicidado, leía mucho también. Por eso el suegro había encerrado los libros como si los culpara por lo sucedido. Mariema me invitó a entrar y me detuve un momento:

–¿Escuchaste lo que dijo el suegro? –le pregunté un poco alarmado.

–Sí, lo escuché, hablamos de eso el otro día...
comencemos por este lado.

–No sé, ahora no estoy tan seguro –le dije con
gravedad.

Después de mirarme a los ojos por un momento
me alegó:

–¿Usted me dijo que el psiquiatra está convencido de que Claudia tiene momentos en que se aparta o se
separa de la realidad?

–Sí, eso dijo... no exactamente en esas palabras,
pero eso dijo.

Mariema dio una vuelta con los brazos extendidos y con mucho dramatismo gritó:

–¡Realidad! ¡Acerquémosela a Claudia!

La seguridad de Mariema y el aplomo con que
hacía todo, más ese afán de ayudar a Claudia me hicieron pensar que todo estaba bien y me sometí a sus instrucciones.

El suegro nos trajo un carrito que facilitó todo.
Me trepé en el vagón de la camioneta y ella me daba los
libros desde abajo. El primer grupo de libros los tiré y
ella hizo una pausa y dijo algo así como que tuviera más
cuidado, que no era "La noche de los cuchillos largos".
Me imaginé que era el nombre de uno de esos libros y
tuve más cuidado para el resto.

Llegamos con los libros y Claudia aún dormía.
Le indiqué a Mariema en qué cuarto los pondríamos...
Escogimos el de huéspedes.

Cuando Claudia despertó le dije muy alegremente que tenía una sorpresa para ella. La llevé al cuarto de
huéspedes y su reacción fue: ninguna. Actuó como si
los libros hubiesen estado allí todo el tiempo y Mariema
la recibió con uno que había estado leyendo. Las observé
y me percaté de que mantenían una comunicación muda
y que yo estaba allí de más. Pensé en comprometerme en

18

acomodar unos anaqueles, pero aún no estaba seguro de todo aquello.

—Por favor, cierre la puerta —pidió la joven.

La miré con los ojos bien abiertos y me respondió con aquel "sí" con la cabeza y el corto pestañeo. Ya a estas alturas debía admitir que ella estaba a cargo de todo y aquello significaba: "confíe en mí".

Observé a Claudia que olía un libro poco antes de abrirlo y salí.

Me mantuve pendiente de vez en cuando, acercándome a la puerta para escuchar algo que mereciera mi intervención.

En ocasiones escuché que Claudia lloraba, en otras que Mariema lloraba, que ambas reían... Fui a la cocina y allí estuve un buen tiempo preparando algo para cenar.

Regresé a la puerta y escuché a Claudia gritando:

—¡No aguanto "El proceso"! ¡Kafka... me deprime!

"¿Kafka?", me pregunté... pensé en los medicamentos y ninguno tiene ese nombre... ni de marca, ni genérico.

Estuve en ese ir y venir por algunas horas. Me preocupaba el tiempo disponible de Mariema y si los padres la estarían buscando o algo así.

En otra de mis cercanías a la puerta, no escuché nada. Eso me aterró. Toqué una vez y llamé a Claudia, luego a Mariema... Abrí la puerta y vi a Mariema sentada en la cama y a Claudia sentada en el piso de tal forma que descansaba la cabeza en la falda de Mariema. Parecían cansadas y se podían ver surcos de lágrimas secas en sus rostros. Miré a Mariema con los ojos bien abiertos y ella me respondió con aquel sí de cabeza combinado con pestañeo y le añadió una gran sonrisa.

—¿Todo bien? —pregunté animado.

Claudia se puso de pie, me besó la mejilla y luego de un gran bostezo dijo:

–Migue, tengo hambre.

–Preparé algo para todos... habrá que calentarlo.

–Haré café –dijo Claudia saliendo del cuarto y llevándose a Mariema tras ella.

Pensé en buscar las seis o siete pastillas que le correspondían, pero parecía que no eran necesarias en ese momento.

A la mesa Claudia trajo un álbum, más bien el álbum, pues no hay más ninguno. No me gusta mucho que lo hojee, dado que ahí hay imágenes de la hermana, la que se hizo daño... como me enseñaron a decir.

–¿No has pensado en hacer que otros se enamoren de la literatura y la historia? –preguntó Mariema.

Claudia no respondió. Desde el momento de la pregunta noté un brillo en los ojos de mi esposa.

La velada fue inolvidable. Nos reímos muchísimo. En un momento Claudia y Mariema hablaron de una tal Julia y una tal Angela María, como si fueran amigas de la infancia. Me imaginé que eran poetisas, pues mi esposa dedicó mucho tiempo a recitar varias poesías. Mariema y yo aplaudimos cada vez.

Luego mencionaron a un Octavio y a un Benedetti, que a esos creo haberlos escuchado. Fui un momento al baño y parece que comenzaron a hablar de recetas de cocina, pues cuando regresé escuché hablar de especias como huidobro, góngora y espronceda.

Mariema me prometió ayudarnos en la selección de los anaqueles y en el acomodo de los libros. La joven se fue a eso de las 4:30 de la madrugada y se despidió de Claudia con un prolongado abrazo.

Esa madrugada, Claudia entró al cuarto completamente desnuda. Lo hizo muchas veces en estos últimos meses. Pensé que el efecto positivo de la muchacha se había acabado. Yo estaba con mis pijamas boca arriba y ella pasó su muslo izquierdo sobre los míos y su brazo izquierdo sobre mi pecho. Me besó en la mejilla y me dijo, con dulzura, al oído:

–Migue, te amo.

Luego recostó su cabeza en mi pecho y se quedó dormida.

Sin tomar ningún líquido, ninguna pastilla y sin que ninguno de los dos fuera al baño, despertamos, en esa misma posición, a eso de las 2:30 de la tarde.

III

De todo eso hace ya unos meses. Desde el balcón puedo ver a Mariema sentada en una banqueta que hay en su patio con una pila de libros al lado y alimentando a perros, palomas y otras aves. Me sonríe y saluda. Toma un libro, lo abre y sé que desde ese momento, el mundo que llamamos real, dejó de existir para ella.

Claudia está dando unas charlas de literatura a jóvenes de secundaria. Aquí en la casa en la parte de atrás de la marquesina que acondicionamos como un pequeño salón de clases. Yo, que me he entusiasmado con esto de las lecturas, tengo en mis manos un libro que me dijeron era lectura obligada. Aprendí lo que es una hipérbole, que es algo así como una exageración. Es obvio que este título, porque los libros se titulan, no se llaman, es una hipérbole. Casi nadie dura tanto, ni tampoco se puede vivir tanto tiempo sin compañía... Comenzaré a leerlo a ver de qué trata:

"Muchos años después, frente al pelotón de fusilamiento, el coronel Aureliano Buendía había de recordar aquella tarde remota en que su padre lo llevó a conocer el hielo...".

La noche que arrestaron a Santa Clos

I

La sangre seca en la mano derecha le mantenía el meñique y el anular pegados. Con el índice y el pulgar sostenía el cigarrillo que se llevaba a la boca de forma más frecuente que de costumbre. Se dejó el cigarrillo en la boca para con la mano echar hacia atrás la borla del gorro que le obstruía la visibilidad por el ojo derecho. El izquierdo lo tenía cerrado por la hinchazón.

La mano izquierda sujetaba la cartera que, con la sangre, se había tornado de blanca a un tono rosado. A pesar de tener manguillos, apretaba la cartera en la mano como si fuera un pañuelo.

Todavía se podía notar algo de la intención del disfraz. El gorro tenía el borde blanco manchado. La cabellera blanca tenía manchas de sangre con algunos mechones pegados a la frente por el sudor y la sangre seca. El rostro desencajado y con la mirada fija en algo, no parecía percatarse de las personas que la observaban.

El lado izquierdo de la cara lo tenía inflamado. En un rostro tan blanco se podía notar lo morado de la hinchazón que se forma por los golpes. La boca parecía que solo le abría por el lado derecho y por ese lado era que se acercaba y alejaba el cigarrillo. Sudaba copiosamente, a pesar de lo fresco de la noche y de que se había bajado la cremallera del disfraz casi hasta el comienzo de los senos.

El abrigo del uniforme estaba, en parte, fuera del abrazo del cinturón. Las partes que estaban por dentro tenían el cinturón negro doblado por la presión que ejercía el vientre.

La pata derecha de los pantalones estaba fuera de la bota.

Algunos padres, con sus pequeños, se acercaban a la persona con el llamativo atuendo. Les agradaba la idea de que Santa fuera una mujer. De cerca, cuando podían observar los detalles, se detenían y daban la vuelta al percatarse de lo grotesco de la escena.

Se concentró en el espectáculo del coro de niños y campanas. Tarareó alguna de las canciones y derramó lágrimas cuando escuchó las que le recordaron su infancia.

Tiró la colilla y esta fue a acompañar otras tres en el suelo de esa plaza, en el momento en que comenzó una leve llovizna fría, como las que caen durante esa época del año. Miró al cielo como buscando limpiarse el rostro. Recordó que, hacía unos meses, tampoco se sentía bien. Aquel día también llovía.

II

—¡Mire, no se moje, cabe aquí debajo! —dijo una mujer en la parada de guaguas.

Era obvio que la exhortación se le hacía a la mujer que estaba toda empapada con un uniforme de enfermera. A ella no parecía importarle la fuerte lluvia. El resto de los que esperaban transporte público intentaban protegerse bajo el escaso techo de la parada.

Ya en el autobús, le ofrecieron asiento, pero ella declinó. No contestó, ni siquiera miró a los que actuaron de esa forma caballerosa.

III

Magda se levantó del sofá sobresaltada porque alguien trataba de abrir el portón de la entrada. No escuchó ningún auto llegar. Nereida llegaría a eso de las cua-

23

tro de la tarde, después del turno en el hospital pediátrico. Primero pensó que era el inquilino del apartamento de atrás. Miró por la ventana y era Nereida, aún empapada y con la mirada fija en el suelo.

—¿Qué te pasó? ¿Dónde está el auto? ¿Te lo robaron? ¿Por qué llegaste tan temprano? —bombardeó Magda a su hermana.

Nereida no contestó a ninguna de las preguntas. Puso la cartera en la mesa, se quitó el uniforme, el cual tiró al piso, se deshizo de la ropa interior y se metió al cuarto de baño con zapatos y medias.

Magda recogió el traje y lo examinó. Más allá de mojado, no había nada que pudiera explicar el proceder de su hermana.

—Nere, ¿estás bien?... voy a abrir.

Magda usó la punta de un gancho de ropa para abrir la puerta y vio a su hermana bajo la ducha. La cortina de baño estaba corrida de tal forma que Nereida se veía completa, aún con medias y zapatos. Magda se sentó sobre el inodoro y la observó. No sabía cómo empezar. Era la primera vez, desde que eran niñas, que la veía desnuda.

—Déjame quitarte los zapatos —soltó con dulzura.

Nereida se agarró del tubo de la ducha sin cerrarla. Magda, empapándose también, le quitó los zapatos y las medias.

IV

Lo único que Magda obtuvo de las amigas en la estación de enfermeras del hospital, fue que Nereida salió sin dar explicaciones. El guardia de seguridad le aseguró que el auto aún estaba en el estacionamiento.

Dos días después, Nereida le dijo a la supervisora que no regresaría al hospital a trabajar. Le pidieron que se tomara unas vacaciones y que asistiera al programa de ayuda psicológica que ofrecía el hospital. Magda

24

convenció a Nereida que fuera a las terapias. La hermana nunca se enteró de lo que pasó aquel día y Nereida mantuvo la decisión de no volver al hospital.

No era la primera vez que Nereida actuaba de forma inexplicable. Magda recordó que, el día del entierro de la madre, llegaron del cementerio y de inmediato Nereida tomó el álbum familiar, seleccionó las fotos donde aparecía de niña con su padre y las quemó.

Pasaron los años y Nereida engordó muchísimo. Escuchó a alguien decir que, si fumaba, el cigarrillo le quitaría la ansiedad de comer y perdería unas libras. No fue así. Nereida siguió comiendo y fumando con la misma dedicación. Magda, con ese mismo vicio, no podía desalentarla.

–Debes salir. Pasas mucho tiempo encerrada aquí y eso no es bueno –le decía Magda a su hermana, pero a esta no parecía importarle nada. La instó a que fueran a un salón de belleza a arreglarse el cabello y a escuchar de lo que se habla en la calle. Esto sí le interesó a Nereida y salieron.

Allá, la *beautician* le aconsejó que el pelo blanco y largo no era lo recomendado para un rostro y cuerpo como el de Nereida. Ese estilo le haría ver mucho mayor de lo que era. Aun así, Nereida insistió y Magda le hizo saber a la profesional que no avanzaría nada en tratar de convencerla… que hiciera lo que Nereida pedía.

V

Una prima llegó de Estados Unidos a quedarse por un tiempo con las muchachas. Le sorprendió la gordura de Nereida. En una conversación con Magda, la prima comentó que Nereida se parecía a Santa Clos. La prima no midió el volumen de la voz y Nereida la escuchó. Desde el cuarto se oyó un "¡jo, jo, jo!".

Luego de ese suceso, Magda y la prima se acercaron a Nereida con la intención de aclarar el comentario.

–¿Qué tengo que hacer para trabajar como Santa Clos? –preguntó Nereida.

Magda creyó que el comentario era con sarcasmo para acusarlas de ser insensibles por mofarse de una mujer obesa, pero en el rostro de Nereida se leyó que no era así.

–Necesitas un disfraz –contestó Magda.

–Es mejor que Santa sea una mujer... con las cosas que están pasando, ¿qué madre pondría su niña o niño en la falda de un hombre? –razonó la prima.

–Además, Santa es un nombre de mujer -sentenció Magda.

Ya era el mes de octubre y se pusieron a trabajar. La prima contactó a un amigo que tenía una tienda de juguetes en un centro comercial. Este auspiciaría el encuentro del amistoso personaje con los niños dentro de la tienda. Magda se encargó de averiguar lo del disfraz. Resultó que el atuendo era carísimo, pero a Nereida no le importó. Tuvieron que medir a Nereida, pues las tallas que se daban en el catálogo eran en términos de ropa para caballeros.

Cuando llegó el disfraz, fue todo un acontecimiento. A Nereida le fascinó el gorro, el contraste del rojo y blanco en el puño de las mangas y la cintura, y el toque de negro en el cinturón y las botas. No le gustaron los guantes ni la barba, entendió que el calor adicional de los guantes lo podía evitar, pero no era posible un Santa Clos sin barba. En ocasiones, durmió con el gorro puesto.

VI

Llegó el día de la presentación de Santa Clos. Al frente de la tienda de juguetes, todos los padres agradecieron el acierto de que Santa fuera una mujer. Los padres llevaban a su niño o niña a la falda de Santa y luego se apartaban a una distancia prudente para que no escucharan la conversación. Eso ayudaba a los niños a expresarse con más libertad.

Un niño le comentó a Santa que quería una careta, como la que usaba un súper héroe de la televisión. Con ella, el superhéroe podía hacerse invisible. El niño pidió dos de estas caretas. El razonamiento del menor era que, si su madre y él las usaban, papá no podría encontrarlos las noches en las cuales llegaba gritando.

Una niña pidió que los regalos se los dejaran en casa de su tía, pues no le gustaba que su otro papá estuviera presente. Esta niña bajó la voz para decir esto y miraba constantemente a la pareja que la había dejado en la falda de Santa. De la pareja, el hombre comenzó a argumentar con la mujer. Entre los gestos de él, incluyó el abrir las manos y, de los de ella, bajar la vista y moverse de lado a lado. La niña se agarró fuertemente del disfraz de Santa. Ella sujetó a la niña, se puso de pie y la llevó hasta la pareja. Ellos dejaron de hablar cuando Santa se acercó. Nereida se quedó un momento mirando al hombre. Este dio la espalda, la niña abrazó a la madre a la altura que le permitía su cuerpecito y la mujer siguió tras el hombre. El gerente de la tienda le preguntó a Nereida si pasaba algo y ella no contestó. Se quitó la barba, la tiró al suelo y salió de la tienda.

VII

Cruzó el estacionamiento del lugar. Algunos niños, desde los autos, saludaban a Santa, saludo que no era correspondido. Se detuvo frente a un viejo que hacía sonar una campana al lado de un caldero rojo. Nereida sacó un billete de cinco dólares y lo depositó.

Dos cigarrillos y tres cuadras más abajo encontró una taberna. Al entrar, la clientela la recibió con

27

aplausos y vítores. La mayoría con el "jo–jo–jo", otros con el *Merry Christmas*. Uno de los presentes le sacó la silla tipo *stool*, para que Nereida se sentara. Ella lo observó por un momento y con el agite y la respiración honda, debido a la caminata, le dio las gracias. Miró alrededor con el rostro duro que mantuvo desde que salió del centro comercial. Era la tercera mujer en el lugar, además de una mayor que protestaba por la programación en el televisor y de otra que estaba acompañada por un hombre bien vestido.

De inmediato, el mozo le dio la bienvenida y ella, sudada y fatigada, pidió una cerveza y preguntó si tenía limón para exprimirle.

–Claro que sí –dijo el mozo.

Éste se detuvo un momento para mirarla bien...

–Te queda muy bien el gorro.

–Muchas gracias –contestó ella y sonrió.

No recordaba a qué adulto le había sonreído la última vez, pero aquel mozo la hizo sentir cómoda.

El mozo trajo de inmediato la cerveza y dos limones que cortó en mitades sobre un platillo.

Alguien comentó que pensaba que en el Polo Norte se bebía vodka, lo que arrancó la risa de algunos.

Nereida observó al resto de los presentes. Uno de ellos fumaba. Ella sacó un cigarrillo y el encendedor. El mozo se aproximó, hizo una pequeña reverencia, con delicadeza le quitó el encendedor de la mano y procedió a encenderle el cigarrillo. Lo sostuvo por unos segundos esperando que se enfriara y se lo devolvió. Ella le volvió a agradecer y esta vez, además de sonreír con los labios, lo hizo con los ojos. El mozo volvió a fijarse en el gorro.

En un enorme televisor se podía ver una película en donde dos niños jugaban en la nieve.

–¡Mira, quita eso, pon algo de aquí! –gritó la señora mayor.

–No hay nada más, lo demás son noticias y esos programas estúpidos que dan por allá –contestó el mozo. Usó un remoto para cambiarlo de canal y detuvo la búsqueda en una película.

–¡Déjalo ahí! –gritó la señora–. Esa es la del señor avaro que después se le aparecen unos fantasmas, es de mis favoritas.

La escena en la película, mostraba a unos niños hambrientos y con frío. Estos miraban por una ventana a un viejo que cenaba en una mesa repleta de alimentos.

–Hay hambre en el mundo porque como se puede ver hay personas que se lo comen todo –dijo el hombre bien vestido y rio.

Le echó una mirada y un *jo–jo–jo* a Nereida. Esta bajó la cabeza y cuando la subió buscó al mozo que no la miró.

Pasaron unos minutos sin que alguien dijera nada. Todos prestaban atención a la película, menos el hombre bien vestido que se había burlado de Nereida y la joven. Estos se habían puesto de pie y dirigido al pasillo que daba a los baños.

De pronto, una discusión entre el hombre bien vestido y la mujer joven se hacía más ruidosa y acalorada. Se podía escuchar que ella hablaba de abogados y de una niña. Él le contestaba que si seguía fastidiando se las iba a ver bien malas.

Nereida les prestó atención por un momento y luego trató de concentrarse nuevamente en la película.

La mujer en la discusión gritó y gimió. Nereida interpretó los sonidos como si el hombre le hubiera pegado y así había sido. El hombre sujetaba a la mujer por el cuello y Nereida alcanzó a ver cuando la abofeteó nuevamente.

Nereida se puso de pie con dificultad. Miró a su alrededor y notó que todos observaban la pelea, pero nadie se movía de su silla.

El mozo dio unos pasos en dirección a la trifulca, y en eso Nereida aprovechó para poner su enorme busto sobre la barra y tomar el cuchillo con que se partieron los limones. Se quedó con el utensilio por unos segundos. Luego dirigió la vista a un cubo con hielo de donde sobresalía un punzón. Soltó el cuchillo y agarró la herramienta. Pasó por el lado del mozo y llegó hasta la pareja.

—¿Quién carajos eres tú? —le gritó el hombre a Nereida—. ¡No te metas en lo que no te importa!

Nereida le puso la mano izquierda en el pecho al hombre. Cuando este trató de retirársela, Nereida, con un movimiento fuerte y certero, le hundió el punzón en el brazo.

—Mira, hija de pu... —gritó el hombre asombrado.

Él pudo golpear varias veces a Nereida en el rostro hasta que la derribó. La mujer, que hacía unos minutos era maltratada, aprovechó para correr hacia la barra. El hombre lanzó al suelo el punzón, al tiempo que Nereida trataba de incorporar su enorme humanidad. Tuvo que rodar sobre su vientre, apoyarse en los codos y poco a poco levantarse con la ayuda de la pared del pasillo. El hombre trató de huir de donde estaba, pero el bulto que formaba Nereida en el pasillo lo obligó a moverse hacia el otro lado. Se golpeó con el filo de una columna y quedó aturdido. Nereida recogió el punzón y esta vez le infligió una herida mortal en el cuello. El torrente de sangre manchó la pared y parte del disfraz de Nereida. El hombre, en ruta al suelo, golpeó el interruptor de la luz dejando todo el pasillo a oscuras. Se escucharon varios golpes de puño en rostro. Nereida acompañaba cada golpe con un:

—¡Abusador! ¡Abusador! ¡Abusador!

Los testigos solo pudieron oír aquel ritmo fatal de la voz de ella, los golpes y los gemidos de él. Luego de un tiempo, solo se escuchó la profunda respiración de ella. El olor a herrumbre de la sangre se apoderó del lugar.

Nereida caminó hacia el área de la barra, con el puño de la manga, que era blanco, parcialmente ensangrentado. El aire frío, que contrastaba con lo tibio del pasillo, le recordó algo y volvió a donde estaba el cuerpo del hombre. Nadie pudo ver lo que ella hizo, pero de allá regresó con el punzón y con el gorro del disfraz.

Puso el punzón sobre la barra. Tomó la cartera manchándola de sangre, sacó un billete de veinte dólares y lo puso debajo del platillo. Dio una mirada acusadora al mozo, buscó a la golpeada, pero aquella había salido del lugar.

Nereida salió y vio a la joven, que hace unos minutos acompañaba al ahora occiso, hablando por el teléfono móvil. Esta se asustó y le gritó a los que tenía al otro lado de la línea:

—¡Avancen, avancen! Se está yendo.

VIII

La lluvia cesó y Nereida lanzó la quinta colilla al suelo.

La directora del coro notó que algunos de los niños comenzaron a mostrar sonrisas en medio de la interpretación. Creyó que era el punto culminante, cuando un artista disfruta de la ejecutoria, y comenzó a mover la cabeza con gracia y la batuta con más precisión.

La sonrisa de los niños era por haber detectado a Santa Clos entre el público. Algunos padres se le acercaban, pero la sangre en las manos y el cigarrillo les decía que aquello no era algo tradicional.

La maestra notó que una luz azulosa intermitente se reflejaba en los rostros de los niños que estaban al frente en el coro. Ya no había sonrisas y hasta se equivocaron en algunas notas de la canción. A uno de ellos se le cayó la campana. Algunos de los padres de los niños, que estaban en la parte de atrás del coro, no prestaban atención a la ejecutoria sino que miraban lo que sucedía detrás de la directora.

La directora dio la señal para detener todo y se volteó para ver qué era tan importante. Alcanzó a ver cómo alguien con el disfraz de Santa Clos era llevado hacia una patrulla de la policía. Todos pudieron ver cuando uno de los policías le quitó el gorro a Nereida y le puso la mano en la cabeza para evitar que se golpeara con el borde de la capota. Nereida hizo un movimiento brusco, el cual causó que los dos policías retrocedieran un paso. Uno de ellos hizo el movimiento para desenfundar el revólver. Ella, con las manos esposadas, le arrebató el gorro al policía, se lo puso con dificultad e intentó acomodarse nuevamente en el asiento de atrás de la patrulla.

A Carmen Milagros "Nena" Benítez Meléndez
(27 de noviembre de 1951 – 28 de octubre de 2013)
Una de ellas.

La oportunidad

A varias muchachas de la familia quienes deambularon con criatura.

—Ay, virgen, ¿viste la entrevista que le hicieron a esa muchachita? La que tiene cáncer y se le ha caído todo el pelo.

Asentí con la cabeza y decidí no hablarle, pues era evidente que no me iba a escuchar.

Aun así, parece que entendió que no sabía de la noticia y continuó hablando.

—Me hizo llorar. En el programa de televisión, todo el mundo creyó que con esa enfermedad terminal, iba a pedir ir a un parque de diversiones como *Disney* o algo así. Sin embargo, lo que pidió fue que el día que encontraran a sus padres, quienes la abandonaron de recién nacida en un basurero, les hagan saber que ella los perdonó y que morirá tranquila.

Abrí muy bien los ojos mirándola, para mostrar interés y agradecerle que me estuviera enterando por ella. Pero a la verdad, ya sabía de la noticia. El caso de esa niña se comentaba por todas partes y en la situación en que yo estaba, temas como esos me deberían importar. Esa niña me hizo olvidar algo de lo que he pasado en estos últimos días.

Al lado de la parlanchina, quien desde que se subió al tren hace tres paradas no ha dejado de hablar, estaba una señora de ojos vidriosos que parecían no tener párpados. Ella, aunque era joven, se veía bastante sufrida. Solo miraba hacia el frente como si no escuchara la conversación o más bien el monólogo.

Agarré el mango del pesado bulto que tenía entre las hinchadas piernas y decidí quedarme en la parada de Río Piedras. Me despedí de la parlanchina, pero no me respondió, pues ya había comenzado conversación con los del lado.

En la salida, noté que la señora de los ojos vidriosos me seguía. Caminé la calle hacia el área de las tiendas en busca de un teléfono público.

Puse el bulto en el suelo, y de un solo movimiento, saqué de un bolsillo el monedero. Llamé a tía Mini.

–Soy yo, Carmencita, ¿pensaste en lo que te dije?... Ahora dice que él no es el papá. Tía, yo no ando por ahí de cama en cama... Él ha sido el único... Sí, sí, entiendo. Si me aceptas en tu casa vas a ofender a papi... Bueno, para eso sí hay dinero... Dile que yo no solo estoy embarazada, yo voy a tener un bebé... No, yo no me fui, él me botó... Está bien, no te preocupes... Estoy por acá, por Caguas, en casa de una amiga. Voy a estar bien.

Colgué el teléfono antes de que me notara el nudo en la garganta. Tenía la frente recostada en el marco de la caseta telefónica. Pensé en llamar a la amiga que se hospedaba cerca de la universidad. La llamé durante el día, pero no la conseguí. Ella representaba mi única esperanza, al menos, para pasar la noche. Luego de un instante, me incliné para recoger el bulto, y noté que había otra mano sujetándolo.

Me saqué un grito y di un paso atrás. Vi a la señora de los ojos vidriosos del tren:

–¡Señora, ese bulto es mío!

–Lo sé, ven conmigo.

–¿A dónde?

–Vivo aquí arriba. Tengo comida y una cama para que descanses.

No sé cómo se percató de que estaba hambrienta y cansada, pero como era una desconocida, tomé la oferta con desconfianza.

—Señora, no se preocupe. Una amiga me viene a recoger y todo estará bien —le aseguré.

La señora soltó el bulto y se quedó mirándome con los vidrios.

—Pues debes llamarla otra vez y decirle que estás en Río Piedras. Caguas queda bastante lejos de aquí.

La metiche había escuchado la conversación. Lo de la comida y el descanso, más que tentador, era lo que necesitaba. Era posible que la amiga del hospedaje no estuviera ahí. Miré alrededor y alcancé a ver, en una esquina, a un par de ambulantes buscando algo en unos botes de basura. En la calle de enfrente, un auto se detuvo para recoger a una mujer de ropa vistosa que soltó el cigarrillo y que se montó rápido en el vehículo. La otra calle era larga y estaba completamente a oscuras.

—Me llamo Celina —se presentó con voz dulce.

—Carmencita —contesté limpiándome el ojo derecho para evitar que cayera una lágrima.

—Estábamos frente a frente en el tren, ¿me recuerdas?

—Sí, la recuerdo… Bien… ¿A dónde vamos?

—Vivo aquí arriba, en el tercer piso.

En esa área, las tiendas estaban en el primer nivel y había hospederías en los pisos. Muchos de ellos los ocupaban estudiantes universitarios y personas que vivían solas.

Cargó el bulto como si no pesara. Me dio la espalda y la seguí.

Caminaba encorvada. Llevaba un paño en la cabeza, una blusa de mangas largas, pantalones hasta las pantorrillas y unas zapatillas sin medias.

No había luz en la entrada que quedaba al costado de la tienda. Ese era el momento para desistir de aquello, pero había algo en ella que me daba confianza. Me tomó del antebrazo para que agarrara el pasamano de la escalera. A pesar de lo cansada que estaba, llegué arriba sin dificultad.

Llegamos a un pequeño departamento, me dijo que era de dos dormitorios. De inmediato, Celina calentó algo que tenía en la nevera. Trajo a la mesa dos platos pequeños y cenamos. Habló poco y solo se limitó a contestar las preguntas que comencé a hacer después de haber devorado todo lo que me sirvió.

–Hay más si quieres.

–No, está bien con esto –mentí.

Luego me acomodó en uno de los dormitorios y me dio un té de naranjo.

–Recuéstate, vengo enseguida. Voy a una farmacia nocturna en la otra esquina, no tardo.

Salió y admito que me sentí muy bien, pero ¿quién era esta buena samaritana? Anduve descalza por el área y abrí la puerta de un cuarto bien pequeño con velas que estaban apagadas con la cera a mitad del envase. Había recortes de periódicos, crucifijos y una enorme foto en blanco y negro de la niña de la noticia. Pude leer y observar algo de los papeles y todos estaban relacionados con la muchachita. Recordé que cuando la señora parlanchina del tren mencionó el asunto, Celina no hizo comentarios. En uno de los titulares se leía:

"Enfermera encuentra recién nacida entre la basura y la entrega a las autoridades". Tenía el deseo de seguir leyendo, cuando escuché que se abría la puerta. Me encerré en el cuarto donde Celina me acomodó, por si era otra persona.

Celina me llamó y pasamos un par de horas conversando. Me dijo que había ido a conseguir cigarrillos, pero que desistió de la idea.

Prefirió comprar unos paquetes de galletas de chocolate, pues se pondría ansiosa y las galletas harían el trabajo del cigarrillo a cambio del aumento de unas cuantas libras.

Ella era tan amable. Se veía contenta por tenerme allí. Me imaginé que necesitaba compañía.

Después de mi segundo bostezo, me pidió que me fuera a la cama. Después del buen trato y lo agradable de mi anfitriona, acepté la sugerencia, pero me mantendría muy atenta a tan impresionante amabilidad.

No sé cuántas horas dormí, pero me sentía descansada y pude escuchar una conversación que mantenía Celina por teléfono.

–Me tienes que ayudar… Yo sola no puedo treparla a la mesa… Tráete unas batas de aquellas… También tráete la cosita aquella de cortar el cordón…

Comencé a respirar hondo y me senté en la cama. Olí la taza del té y me examiné para ver si la bebida me había causado algo. Respiré hondo para examinarme y a la verdad que me sentía muy bien. ¿Qué me quieren hacer? Me pregunté.

Me quedé dormida por otro tiempo, pues el cuerpo me lo pidió. Luego me sentí irresponsable por haberme descuidado de esa manera.

Me levanté y ya se escuchaban los ruidos desde la calle. Me percaté de que al menos había otra persona con Celina. Pegué el oído a la puerta y con el olfato, pude sentir un olor a alcohol y algo de vapor de agua. No había remedio, debía salir y enterarme de lo que pasaba.

–Hola, Carmencita –saludó Celina.

Sonreí y dirigí la vista a la otra persona. Era una mujer alta de pelo corto con un rostro amable.

–Te presento a Mery, mi mejor amiga.

–Hola, Mery –contesté todavía nerviosa.

–¡Carmencita, linda! –Mery se acercó y me abrazó.

–Mery es enfermera –añadió Celina.

–¿Enfermera? –me sorprendí haciendo esa pregunta alzando la voz y de inmediato traté de esconder el nerviosismo con una sonrisa.

–Me vino a ayudar –dijo Celina tomándome por el brazo.

–Traje unas pantuflas y unas batas para que te las midas.

Miré a Celina y ella notó mi duda.

–Date un bañito y póntelas, te sentirás más cómoda –me dijo Celina.

En ese momento recordé que no me había bañado. Sujeté lo que me dio Mery y me mantuve en el mismo lugar. Miré hacia el lugar de donde venía el olor a vapor de agua y vi una tabla de planchar, la plancha y unas piezas de ropa sin una sola arruga enganchadas en un tubo.

–Vente, Mery, ayúdame –Mery entró con Celina en la cocina.

De allá salieron con una enorme olla que tenía algo en la tapa y un cable eléctrico que arrastraron hasta estar cerca de la mesa y de un impulso la treparon.

–¿Qué es eso? –pregunté.

–Una máquina de hacer masa de pasteles – contestó Celina.

–Mondas la vianda y las echas ahí y eso es todo –añadió Mery con entusiasmo.

Entraron a la cocina para sacar viandas, hojas de plátano, papel para envolver, varios envases tapados y un rollo de cordón. Fui tras ellas y me dio el olor más fuerte a alcohol. En el bote de basura, había tres botellas vacías de ginebra.

Me sentí más tranquila y me di el baño. Luego me senté con ellas a la mesa.

Celina levantó el teléfono móvil y mencionó que la señora de la ropa planchada vendría temprano a buscarla.

Mery hacía todo tipo de chistes y nos reímos muchísimo.

–Un día te cuenta el del viejo que ella bañaba, y que se gastaba un jabón entero lavándole los genitales – dijo Celina en plena risa.

"¿Un día de éstos?", pensé. "¿Cuánto tiempo ellas creen que estaré aquí?"

–Tú verás, todo va a salir bien. Mery nos va a ayudar –dijo Celina como si me hubiese leído el pensamiento.

Preguntaron sobre mis cosas, y les dije que como pueden ver ni siquiera sé hacer el amor bien. Me acosté, no me protegí, el gallo me pisó y ahora dice que no conoce a la gallina. No les hizo gracia la forma en que expliqué las cosas y hasta Mery me recriminó y dijo que todos cometemos errores. Miró a Celina que estaba muy callada. Esta se llevó una galleta a la boca y miró a la pared. Noté que había otra foto enmarcada de la niña en esa pared. Ahí estaba la niña tan pálida, con la cabeza calva y una sonrisa que era más bien una mueca.

Celina fijó la vista en el retrato y parecía avergonzada ante la imagen. Mery le puso la mano en el hombro y nos quedamos calladas por un instante. Recordé la noticia que había leído en la noche y miré la foto, para ver a la niña que fue encontrada entre la basura. Dirigí la mirada hacia Mery para ver a la enfermera que la encontró y al mirar a Celina, me vi a mí misma. Quedamos calladas por un momento. En ese tiempo, de alguna manera sentí estar en presencia de la persona más necesitada de perdón en el mundo. Me levanté, le puse la mano a Celina en el hombro y ella la apretó como quien está a punto de caerse de una altura. Después de ese instante, me dirigí al baño y allí lloré. Sentía, dentro de mi situación, alivio. Pude verme como una privilegiada, desde la maltrecha y desesperanzadora noche anterior, a la oportunidad que se me brindaba.

Me lavé el rostro y regresé a la mesa. Tenía pensado pedirles que me ayudaran a localizar a mi amiga, pero desistí. Algo había en aquel ambiente que me hizo sentir, por primera vez, segura.

Mery, interrumpió el juego que tenía con los cabellos de Celina. Se puso de pie y se fue a la cocina.

—¿Quieres café? —gritó desde allí.

Me adelanté y contesté:

—Sí, eso me caería bien.

—Hablo con Celina, tú no debes tomar café.

—Prepárale un té a ella —dijo Celina sin levantar la vista.

Celina también me dijo que había dejado de fumar y anoche decidió dejar la bebida. Me decía estas cosas como si me rindiera cuentas.

Pasó el tiempo y ya estaba yo haciendo pasteles. Observé el instrumento que Celina tenía en la mano y tuve que sonreír. Era una pequeña tijera con un hueco para pasar el dedo pulgar y con el índice apretar para hacer el corte. Un resorte, mantenía las cuchillas en su posición original… las usamos para cortar el cordón de amarrar los pasteles.

—Este lo debo hacer otra vez, no le puse suficiente carne —dije un poco avergonzada.

Celina apretó la quijada, agarró otra galleta. Miró a la pared donde colgaba la foto de la niña, bajó la cabeza por un rato y luego me dirigió la vista:

—Yo también lo haré bien esta vez.

Piedad de papel

I

Mi padre murió hace dos meses y voy en dirección a casa de una desconocida a decirle quien soy. Mientras escucho "Radio Musical Católica", recuerdo todo lo que ha pasado en estos días.

II

Hace unas semanas llevé a mi madre al aeropuerto de donde partiría a casa de mi hermana, en el estado de la Florida. Mi hermana y yo entendimos que era mejor para mamá pasarse unos meses por allá y apartarse de la casa que guardaba tantos recuerdos de papá. Al despedirse me dijo:

—Hijo, no importa lo que pase, siempre quise a tu padre y a ustedes con toda mi alma.

Interpreté esa despedida como que ella presagiaba que Dios la llamaría pronto. Aunque, en realidad, mamá estaba con buena salud y había sido la madre más amorosa del mundo.

Ese mismo día, traje mis cosas a la casa de mamá y comencé a trabajar en mis fotografías y escritos. Me gusta la fotografía, especialmente la de catedrales y los rostros de niños y jóvenes en misa.

En aquel momento, la casa de mamá me brindaba toda la quietud necesaria para trabajar. Tenía que editar y procesar las imágenes que insertaría en la publicación del semanario de la parroquia. También escribir poemas y relatos de fe y la vida cristiana en nuestra comunidad. Un día, recordé que mi madre guardaba varios álbumes de fotos de familiares y otros exclusivamente de mi hermana y míos. Había fotos en las cuales aparecía jugando con mi hermana o con papá. Otras de situaciones graciosísimas, fotos que tomó ella misma y las otras, de menos calidad, tomadas por papá. El viejo no era muy bueno en eso, con aquellas cámaras en que todo el mundo salía con los ojos rojos.

Abrí el ropero de mamá y allí estaban. En la tablilla superior se veían unos tres o cuatro álbumes de colores variados. Me imagino que lo hacía para saber en cuál álbum poner qué fotos; era una mujer muy metódica. Tenía la intención de buscar una silla, pero en cierta forma me sorprendí de que los álbumes estuvieran tan a la vista… puede ser que en esos días hubiera estado hojeándolos y recordando. Con lo que me permitía la estatura, halé del álbum de abajo con cuidado, pero el cuidado no sirvió de nada. Todo se vino al piso. Sentí como si papá estuviera desde la puerta preguntando: "¿Por qué pasó eso?" Y yo, respondiendo como autómata para completar una de sus enseñanzas: "porque el vago trabaja doble".

Por suerte, las imágenes en los álbumes estaban adheridas por unas láminas transparentes, que mantuvieron las fotos en su sitio. Un álbum pequeño, que parecía de esos para fotos cinco por siete, revelaba un par de ellas a punto de salirse. De inmediato, las traté de poner en su sitio… no quería que mamá notase que busqué en sus cosas. Créanme, lo notaría.

Lo que al principio pensé que era un álbum pequeño, se trataba de una carpeta rojiza con una correa… Luego me percaté de que tenía un pequeño broche, como los diarios. El broche era más bien decorativo, pues le di vuelta con la uña y abrió. En él había dos fotos que recordaba muy bien: en una estaba yo pequeño en el muslo de papá y en la otra, estaba mi hermana dándome un beso. Ambos muy pequeños, yo con mis mejillas llenas de salsa y espagueti; ella con sus labios en mis mejillas… no sabía si me besaba o comía.

44

No había más fotos, y el álbum no tenía ni bolsillos para imágenes ni láminas adhesivas, solo tenía páginas escritas. Era un diario. Pensé que quien tiene un diario nunca lo diría, pero ¿mi madre lleva un diario? Pensé que aquí debe haber mucha inspiración perteneciendo a la mujer más extraordinaria que alguien pueda conocer. Claro, pensé también que todo el mundo dice eso de sus madres. Su fe inquebrantable, cómo trajo a buen camino a papá de las garras del alcohol, cómo nos educó en la fe cristiana y de cómo la admiran y respetan doquiera que va... Hemos vivido con un ángel todo este tiempo. De su vocación como enfermera se decía que tenía mano santa y que muchos médicos la consultaban. En este diario debe haber mucha sabiduría y palabras de aliento, me dije... para el semanario serían de mucho beneficio. El reto era cómo pedirle que me permitiera leerlo, sin que supiera que busqué en sus cosas.

III
Leí la entrada en la página donde estaban las fotos: Yo maté a Efraín, antes de que él se suicidara...
Lo primero que me vino a la mente fue que mamá bromeaba. Luego me dije que dentro de la misericordia de mamá podía ser que se sentía, de alguna forma, culpable por la muerte de papá. Jamás entraría en la mente de quien la haya conocido, semejante idea.

IV
Puse el diario sobre la mesita que tiene mamá en una esquina de la cocina, preparé del café instantáneo al que me acostumbré. Observé el diario sobre la mesa como si fuera de catequesis... Me senté con mi taza de café y me vino a la mente el suceso en que mamá me llamó para decirme que papá había llegado a la casa, pero que no estaba bien. Recordé que ese día planificábamos una actividad para lo de San Patricio... la noche

45

antes... eso es, 16 de marzo. Busqué la fecha y leí la entrada:

Efraín llegó muy nervioso y hasta parecía haberse dado unos tragos. Por la tarde llamé a mi hijo.

"¿Papá tomando alcohol?" Fue lo que pensé y no lo podía creer.

Las demás entradas de esos días hablaban de que papá no podía dormir y se levantaba a media noche gritando con pesadillas.

Una de las entradas decía:

Estuvo gritando "el nene, el nene" hasta que yo lo levanté, y sudado no me decía nada más, solo se quedaba con los ojos abiertos.

En una ocasión mamá me contó, que de pequeño me le perdí a papá en un centro comercial. Él desesperado y lloroso, lo que le decía a todo el mundo era "el nene, el nene".

Las entradas también hablaban de lo que hizo mi madre... las oraciones y hasta de que trajo a Padre Julián a hablar con papá.

Una de las entradas decía que mamá, tratando de ocupar a papá, lo llevó a la actividad de darle de comer a los sin hogar, a los que llaman deambulantes.

Al frente mío, tenía al que llamaban "Chuleta", se veía contento por lo de la actividad. Pero noté que al ver a Efraín, todo en Chuleta cambió... de la fila le gritaron: "Mera Chuleta, avanza, ¿te lo piensas comel to'?" Algunos rieron, pero Chuleta seguía mirando a Efraín; este miró a Chuleta, pero no pareció conocerlo.

Se me detuvo el corazón cuando leí la próxima entrada:

Encontré a Efraín en el piso del cuarto, con un pote de medicamento para el riñón del cual parecía haber ingerido varias píldoras. En su mano izquierda tenía cogida por una esquina la página del periódico. Luego de que Efraín quedara hospitalizado, en la casa me puse a

46

leer la página, para ver si había algo que explicara esa acción. En la página había de todo: anuncios de telefonía celular, política y noticias policiacas... en la parte de cartas de los lectores la primera carta era de una señora que había perdido a su hijo. El niño venía de la escuela y fue encontrado muerto a la orilla de un camino que parece que usó de atajo. Al principio se creyó que el niño había sido atacado por deambulantes del sector, pero el examen forense reveló que el niño había sido arrollado por un auto. La señora buscó a una reportera de televisión y cuando fueron a entrevistar a los deambulantes, estos se escondieron. Cuando la madre fue a la policía para preguntar cómo iba la investigación, le dijeron que no habían entrevistado a nadie en el lugar porque esa gente no era confiable.

Mamá hasta anotó el teléfono y la dirección que estaba en la carta para quien pudiera dar información sobre lo sucedido.

Las lágrimas me llegaban al mentón, y noté que en esa entrada, la tinta en algunas partes había sido impactada por gotas.

Dos entradas más adelante, lo que leí se suponía que fuera devastador, pero con todo lo anterior, ya era de esperarse:

No se me hizo difícil dar con Chuleta para que me confirmara lo que ya sospechaba. Me dijo que salió cuando escuchó el impacto y que vio al señor del día de la comida, hacer un intento de salir del auto. El niño estaba en el suelo de lado, el contenido del bulto todo desparramado.

El hombre se quedó quieto por un minuto y aceleró el auto, huyendo. En ese mismo día estaba la entrada que me sobrecogió:

Esa noche hablé con mi Señor, le dije que viviría el resto de mi vida buscando su perdón, pero algo tengo que hacer. Sé que en tu Reino no entran los suicidas. Si

47

lo entrego a la justicia de los hombres, en otro momento de debilidad, se quitará la vida en una celda.

Mantendré a mis hijos ajenos a todo esto, no quiero que crezcan con este pesar.

Efraín estaba en cama, parece que cuando me vio los ojos llorosos entendió lo que iba a hacer. Me brindó una triste sonrisa que encontré hermosa. Levanté su brazo derecho buscando unos lunares que tenía en el tríceps. Inyecté el exceso de potasio por el área de los lunares, para que no notaran el pinchazo. Con los problemas renales que tenía y el potasio que se le acumulaba, la arritmia cardiaca lo mataría en minutos. Estuve con él en todo momento…

Me eché atrás en la silla y abrí los brazos para llevarme las manos a la cabeza. Golpeé la taza con la mano izquierda, se hizo trizas en el suelo. Pasé mucho tiempo llorando de forma audible y mirando a un punto sobre la estufa. Decidí huir de ese diario. Resbalé sobre un pedazo de la cerámica de la taza y busqué algo con que limpiarlo todo antes de tomarme una pastilla para dormir y quedarme en cama hasta el otro día. Entre los gabinetes bajo el fregadero, encontré un paño, así como un líquido de limpieza. Ahí estaba casi escondido, el litro de ron… No sé si papá en un momento lo dejó ahí, pero me dio una idea.

Fui al frente de la casa donde hay un contenedor para la basura… Mojé el diario con el ron, lo eché en el contenedor y le prendí fuego. Hice una oración por mi padre y otra por mi madre, mientras se consumía.

V

Ahora, mientras escucho "Radio Musical Católica" busco la dirección que anotó mamá en el diario. Traje la cámara, pues quiero tener una foto de esa madre, y me gustaría mucho ver una del angelito.

Ruta de cimarronas

Fue la tercera llamada a Inés y el abrir de la segunda puerta lo que provocó que Hetin se preocupara. Examinó la percha, la zapatera y las gavetas. Todo en su lugar, lo único en desorden era uno de los zapatos: donde correspondía el izquierdo estaba el derecho, error que él se arrodilló para corregir.

La auditoría no terminó ahí, leyó el historial de llamadas identificadas del teléfono... nada anormal. Un par de llamadas a su madre ayer, a las horas esperadas. Prendió la computadora y, mientras esperaba para el próximo nivel de investigación, recordó los acontecimientos de las últimas noches: sexo en cada una de ellas, la comida a tiempo, las conversaciones tan superficiales de ella, según él. Creía que este proceder era lo que se esperaba de todas las mujeres. Las visitas de Normita su cuñada y el comemierda del marido le disgustaban. Había usado tanto ese epíteto para describir al cuñado de su esposa, que no se acordaba del nombre.

Solo quedaba la computadora. Leer la bitácora electrónica que contenía la información de lo que ella hacía, tanto los correos electrónicos como en los *chat rooms*. Cuando un compañero de trabajo le habló de este *software* espía, él no pensó que fuese tan bueno.

Leía todo lo que ella escribía en ese medio el cual la mantenía ocupada parte del día. Estaba tan entusiasmada, que él, como si fuera una recompensa por la reconciliación, se lo permitía y la exhortaba a comunicarse y relacionarse más.

La bitácora tampoco arrojó nada que resolviera el ¿dónde está Inés? Lo más atrevido que él leyó de ella, y para su agrado, fue una conversación de unas mujeres en el *chat room* sobre si les resultaba placentero el sexo anal. Leyó con detenimiento la confesión de Inés en el sentido de que eso le dolía y avergonzaba, pero si le gustaba a Hetin, ella cedía como buena esposa.

Llamó a la madre de ella sin mencionar a Inés. La suegra le hizo saber que había cocinado y que podían pasar por allá cuando quisieran. Él se comprometió a comentárselo a Inés cuando esta saliera del baño. Mintió, porque la suegra era incisiva y estaba confiado en que este asunto se resolvería pronto.

Repasó todo. Revisó también la cuenta de banco. Nunca le permitió a Inés acceder a esa cuenta. Ella no tenía siquiera la tarjeta de débito. Todo en su lugar. El último detalle en la cuenta de cheques era el retiro hecho por él mismo, de dinero en efectivo, en el área de Hato Rey, para almorzar con su amante. Pensó que aquella otra se había convertido en un problema y un gasto.

Salió de la casa a dar una vuelta. Ese safari incluía acercarse a la casa de su cuñada, a la carpa del pastor y a la casa de la suegra. Hasta pasó por la casa de su propia madre, a quien no visitaba hacía dos semanas.

Se estacionó en frente de la panadería donde trabajaba el pendejito ese, como Hetin llamaba al que, la primera vez que tuvo problemas con Inés, se mostró muy solidario con ella. Hetin, en una ocasión, encontró el número de teléfono de este individuo en una de las gavetas y una llamada en la bitácora de llamadas recibidas.

Decidió irse a una taberna. Desde allí haría llamadas a la casa, para dejar mensajes, o hablar con ella si ya había regresado y no tener que admitir que había estado en la casa y que se preocupó.

En todo el tiempo en el que estuvo en ese lugar, llamó dos veces usando un teléfono público y se tomó un refresco… nunca tomaba alcohol.

"¿Dónde estará esa estúpida? Ella sabe que me preocupo. A veces pierdo el control, como que no agradece las cosas que hago por ella", pensó.

La hermana y el cuñado la exhortaban a que se superara; que estudiara y trabajara, pues había sido una buena estudiante y además tenía un gran talento para cantar, bailar y actuar. Hetin siempre respondía que ahí estaba el valor de ella, en sacrificar todo por él, y que él también se sacrificaba para darle todo a ella.

Se sintió cansado. Se sorprendió de que ya eran las seis de la mañana. Salió a dar otra vuelta por los lugares a manera de repaso.

Pensó en ese momento que a Inés le pudo haber pasado algo. Esperaría lo de 48 horas para hacer la querella, mientras tanto, le preocupaba la estupidez que cometió al hacerle creer a la suegra que Inés estaba con él al momento de esa llamada.

II

Inés había estado viajando en un auto de transporte público por los últimos 45 minutos. Estaba sentada en la parte de atrás, inmediatamente detrás del conductor. A este lo acompañaba una mujer que parecía ser su pareja.

Se desviaron un momento para recoger a otro pasajero. Este se acomodó y luego de unos minutos, saludó. Inés le sonrió y se volteó hacia la ventana para evitar el contacto visual.

–Yo como que la he visto a usted en otro lugar –comentó el pasajero, después de aclarar la garganta.

A Inés se le tensaron todos los músculos. Esperó el tiempo razonable, para saber si el comentario iba dirigido a una de las otras dos personas en el auto. El atuendo deportivo holgado y la gorra le daban anonimato, aun así era el momento de practicar el plan:

–*Beg you pardon?* –soltó ella con impecable acento y muy atenta a su interlocutor.

–Como que la he visto en otro lado –repitió él.

Ella también parecía haberlo visto. Podía ser uno de los amigos de Hetin, pero no era tan fácil reconocerla como estaba ella arreglada. Hetin le exigía cierta vestimenta cuando sus amigos iban a la casa. Ropas no llamativas, con faldas a las rodillas, con maquillaje sobrio y cabellos y accesorios propios... lo más hermosa posible para alimentar el ego de Hetin, pero no tanto como para que sus amigos la desearan.

–'Hablo spañol'... poquito –dijo con una pequeña actuación.

Volteó hacia la ventana, se fue soltando la tensión al notar que la mirada del pasajero le dijo que se olvidó del asunto. Giró hacia el hombre, bostezó, miró el reloj y dijo:

–*I will get some sleep...* 'voy dormir'.

Con la cabeza recostada contra la ventana, pensaba en ella... en la enfermera. La última vez que estuvo en el hospital, en otro de esos incidentes en donde su rostro tropezó con las manos de Hetin y su torso con sus pies, la enfermera le suplicó que hiciera lo posible por salir de esa situación. Inés estuvo en negación al principio, pero luego de una visita de su hermana, prestó atención. La enfermera le habló de cómo comunicarse, en lenguaje codificado, usando la computadora. Que seguramente un hombre como Hetin tendría un programa para leer toda la actividad de ella en el sistema. Le explicó cómo hacerse de pequeñas cantidades de dinero aquí y allá, para no levantar sospechas. Que no hiciera llamadas desde el teléfono de la casa. Que la esperaría en la plaza del pueblo del oeste.

En un momento, Inés miró a la mujer sentada al frente y cuando el conductor puso la mano derecha sobre la izquierda de ella, la mujer la retiró con brusquedad. El conductor inhaló y exhaló de forma audible.

Llegaron a un área donde se notaba actividad en una panadería.

–¿Quieres algo? –preguntó el conductor a la mujer.

Esta titubeó y respondió:

–Sí, tráeme un sándwich de jamón, queso y huevo y un café negro.

A Inés le sorprendió la soltura de la mujer al hablar, después del incidente de las manos. El pasajero salió del auto. El conductor miró a Inés y le preguntó si se le antojaba algo; ella contestó que no, aprovechando que el pasajero no estaba. Parece que el conductor no le había escuchado hablar inglés.

Se podía ver desde el auto a ambos hombres haciendo la fila para ordenar; aparentemente conversaban. La amiga del conductor empezó a decir cosas. Inés entendió que estaba orando. Pudo captar un "tú que todo lo puedes..." "En tus manos..." Luego, la mujer se enderezó en su asiento y cuando miró hacia atrás, se encontró con los ojos de Inés... volteó hacia el frente, miró a la panadería y volvió a enfrentar a Inés, que la observaba detenidamente.

–Hola –saludó Inés para provocar conversación.

–Hola –contestó ella–, soy Mersa – dijo estirando la mano y practicando una sonrisa–. Creí que no hablaba bien el español.

–Carmen –mintió Inés.

Se sintió un poco mal por mentirle a aquella mujer por quien empezó a sentir simpatía, pero tenía que seguir con el plan.

Un auto se estacionó al lado de ellas. Inés se enderezó y puso su mano para tapar parte de su rostro al ver que el auto era muy parecido al de Hetin. "No puede ser, estamos tan lejos", pensó. Del auto se bajaron dos hombres, uno de ellos estirándose y bostezando.

Inés sintió alivio y exhaló. Volteó la cabeza para encontrarse con los estudiosos ojos de Mersa.

Por el lado del conductor, por la acera, se vio venir a una mujer con ropa muy llamativa para la hora. Estaba fumando, la camisa escotada, falda muy corta y zapatos de taco alto. Pantallas como aros grandes, el cabello suelto y un bolso pequeño. "Es muy temprano para esa clase de negocios", pensó Inés. La mujer era tan bonita que no parecía que tendría problema alguno en conseguir clientes. La mujer se detuvo frente al auto, sonrió y se adentró en la panadería.

Mersa abrió la puerta, lo que hizo pensar a Inés que iría a comerse el sándwich con su pareja. Para sorpresa de Inés, Mersa caminó en dirección opuesta al negocio, en la dirección de donde vino la mujer de la calle.

"¿Qué está pasando aquí?" se preguntó Inés. Miró hacia el negocio nuevamente para ver a la mujer de la calle conversar con ambos: el conductor y el pasajero, a quienes mantenía de espaldas al auto.

"Cuando llegue el chofer, me preguntará por Mersa y puede que llame a la policía y seré el centro de atención", pensó Inés.

Hasta ese momento, el auto representaba el lugar más seguro, pero era el momento de modificar el plan y de tomar otro transporte que fuese al oeste. Todo esto había que decidirlo antes de que regresaran de la panadería.

Inés, con una mezcla de inseguridad y curiosidad, cargó con su bulto y se dirigió en busca de Mersa. Llegó al frente de una estructura de dos pisos y tocó la puerta.

—¿En qué le puedo ayudar? —preguntó una mujer de baja estatura, con mucha amabilidad.

Antes de que Inés contestara, se escuchó un auto doblar la curva, lo que causó que Inés se abriera paso y entrara en el lugar sin invitación. La mujer pudo ver el horror en el rostro de Inés y le dijo:

—No temas, aquí estás segura.

Mersa estaba sentada y ya le habían servido algo humeante en una taza. Al ver a Inés, Mersa comenzó a mover la cabeza de arriba a abajo con los ojos bien abiertos y una leve sonrisa. Inés puso el bulto en el piso y observó el lugar con detenimiento. Mersa hizo un gesto de persignarse y volvió a degustar lo de la taza, en el momento en que se sentaba una joven junto a ella con unos documentos. En el lugar se escuchaba el teclear en computadoras, más de una persona hablando por teléfono, y una que otra mujer con documentos salía al pasillo y entraba a otras habitaciones.

"¿Qué es todo esto?"… el sonido de una llave en la puerta le interrumpió el pensamiento. Inés se recostó de espaldas a la pared de entrada. La mujer que la recibió le repitió que no se preocupara, que todo estaba bien.

Inés quedó sorprendida cuando vio entrar a la mujer de la calle. "La prostituta" —pensó.

La mujer saludó con mucha gracia. Se dirigió a la mesa donde estaba Mersa, la abrazó y la besó. Luego vino al área donde estaba Inés, la miró y sonrió. Se sentó frente a ella, y en una mesita iba poniendo las pantallas y el reloj. Empezó a quitarse los zapatos.

—Estos tacos me están matando —se quejó sin quitar la vista de Inés.

Llamó a una de las muchachas, y con aire autoritario pero amable dijo:

—Voy a estar aquí el resto del día. No voy a necesitar el auto.

—Hola, Inés —saludó la mujer con familiaridad.

Al ver que Inés no reaccionó, ella prosiguió…

–Quizás si me quito el maquillaje, me pongo el uniforme blanco y la cofia…

El primer eclipse

A Nena, Nene y Lindy, pues ese día también quedaron a oscuras.

♫ "Orgulloso me siento una y mil veces.
Y agradezco al Señor me permitiera,
haber nacido en esta tierra
tan hermosa,
en esta tierra
donde mis ojos
vieron la luz por vez primera".

"Bello amanecer"
–Tito Henríquez

El 15 de mayo de 1987, un viernes de mucho calor, en el hospital Metropolitano de Río Piedras murió Carmen Lydia Meléndez Valcárcel. Vencida por un cáncer en la vejiga a la relativa temprana edad de 52 años. A Yiya, como cariñosamente se le conoció, le sobrevivieron 4 hijos de los 6 que concibió y una cantidad incalculable de personas que nunca tuvieron el reparo de llamarle madre.

El miércoles de esa misma semana, había terminado la presencia física del Brujo de la calle Calma, Ismael Rivera. Maelo, como el mundo lo conoció, no tenía parentesco con Yiya. Ella fue de las que sufrió al ver a familiares confinados en cárceles como "Las Tumbas"; vivió en comunidades como "La Perla" y pertenecía a "Las Caras Lindas de mi Gente Negra".

Leía en la prensa, esa mañana del viernes, la cual todavía mantenía a Maelo en las páginas principales, el hecho de que murió prácticamente en los brazos de su señora madre, doña Margó, quien fuera la misma compositora que inmortalizó a los jinetes Junior Cordero y Eddie Belmonte como "…los dos campeones allá por el Norte". Recordé a una persona que dijo:

–Una madre no debe sobrevivir a su hijo. Eso es un error de la naturaleza. Uno debe enterrar a su vieja, no al revés.

En aquel momento hojeé el periódico sin leer nada. Esperaba encontrar alguna foto que llamara mi atención. Me puse a pensar en doña Margó, en mi recién inaugurado matrimonio en diciembre, en la expectativa de tener hijos y, sin aún tenerlos, en el temor de perderlos. En esos días mi ánimo no era el mejor.

En esa mañana la naturaleza se encargaría de mostrarme el orden correcto de las cosas.

Las siete y diez en mi compañero digital de muñeca. Llegó Víctor Sánchez a la cafetería donde practicaba mi ritual de café expreso doble negro acompañado con algo.

Víctor, que acostumbraba a darme la mano y decirme "chamaco", esta vez se quedó de pie frente a mí y dijo:

–Te llamó Carmen, tu hermana, que la llames cuando puedas. Dejó un número de teléfono, lo puse en tu escritorio.

Había gravedad en su voz, me imagino que Nena se la había transmitido en la comunicación en la cual era obvio que le dio los detalles del nombre y parentesco. Él debió notar que en esos días yo estaba parco y ni siquiera hablaba de astronomía o béisbol, que eran nuestros temas favoritos. En esos días, recibí muchas llamadas. Víctor, que además de amigo era mi jefe, tenía que decirme las cosas dos veces, la primera para despertarme. No me imagino desde cuándo estaría Nena, la que se presentó como Carmen, tratando de comunicarse. No contábamos aún con un teléfono en nuestro micro estudio de recién casados, en donde el tamaño del próximo aparato tenía que ser evaluado para no afectar el flujo normal de movimiento de mi compañera Milagros y mío. Le entregué el periódico, interrumpí el ritual del

59

café y me dirigí a la oficina para la llamada obligada. Conseguí a Nena en el segundo intento.

–Estoy en el hospital, para que vengas –me dijo.

–Estoy ahí enseguida.

Regresé a la cafetería, le hice saber a Víctor que estaría fuera la mañana y que lo llamaría a eso del mediodía.

–¿Todo está bien? –preguntó.

–Me imagino que sí –mentí.

En realidad, el mensaje de Nena presagiaba el final. Yiya había sido hospitalizada nuevamente el lunes, luego del Día de las Madres y no presentaba ninguna mejoría.

No recuerdo exactamente cómo llegué al Hospital Metropolitano. Si tuviera que recrearlo diría que desde donde estaba en Hato Rey, todas las guaguas de la AMA llegaban por el carril exclusivo a Río Piedras. Allí me habré bajado debajo del puentecito de la avenida Gándara, frente a la Escuela Superior Ramón Vila Mayo, territorio que conocía muy bien. Luego habré subido por la calle Brumbaugh, habré doblado a la izquierda en la calle Arzuaga y llegado al área de las "pisicorres" que van a Centro Médico. La ruta incluía las urbanizaciones Santiago Iglesias, Alta Mesa y otros sectores adyacentes. El Gordo, coordinador de estos servicios, podía mencionar de un aliento una docena de estos destinos con una velocidad que haría sudar a Mon Rivera. Luego de un largo "coño", como si este último fuese también un lugar a donde se daba servicio, terminaba con un feliperrodriguezco: ¡vámonos! Muchos se preguntaban cómo un hombre tan agitado y que constantemente caminaba de lado a lado, era tan obeso. La respuesta podía estar al otro lado, en la esquina formada por la calle Uno y la Arzuaga. Un vendedor ofrecía en una batea, carne de cerdo y variedad de cuchifritos, en donde personas y moscas hacían turno sin orden alguno para el disfrute de las exquisiteces culinarias. Sumémosle a la teoría que el Gordo, para no atragantarse, auspiciaba dos negocios contiguos. Los dos negocios parecían tener licencia del Municipio para apestar a orín y tener música de vellonera durante el día. Lugares donde el pedir una malta o un juguito arrancaba la risa del que estaba al otro lado de la barra.

Debo de haber abordado una de esas guagüitas, en las que el quórum era necesario para partir; pero tratándose de la que va a un hospital, en un pueblo enfermo, la cosa fluía con rapidez.

Cuando llegué al hospital, inmediatamente me dirigí a la estación de las enfermeras en donde mi hermana Nena trabajaba, allí la llamaban "Milagritos". Al final del pasillo, pude divisar a García, enfermera también y amiga íntima de Nena, gesticularle a otra enfermera que no pude reconocer. Cuando me vio, giró nuevamente hacia la interlocutora y me imagino que lo que aquel mover de labios dijo fue "ya llegó el menor".

Saludé en la estación. Una enfermera, que no conocía, me abrazó y besó. Me imagino que trataba de aliviar lo que esas solidarias mujeres habían interiorizado del dolor de mi hermana. Nos habían visto salir la noche antes con la única esperanza de un final cercano.

Dije que eso había sido algo muy dulce, refiriéndome al beso y al abrazo, y que, de haberlo sabido antes, hubiese estado constantemente merodeando el hospital y visitando pacientes aunque no los conociera.

El hecho de que García se hubiese internado en el cuarto y no se me acercara con el gesto de la boca temblorosa, el llanto, el mensaje solidario y el abrazo, me decían que no había llegado tarde. Al resto de las enfermeras parece que les agradó mi ánimo ante el golpe más fuerte que el orden natural nos tiene reservado y que mis hermanas y yo estábamos muy cerca de experimentar.

García, al fondo, mostró cabeza, torso y brazo izquierdo desde la puerta de la habitación e inmediatamente se asomaron las respectivas partes de Nena. En ese pequeño trayecto, llegué a pensar que Yiya estaría consciente, hablando y que me recibiría con un:

—¿Qué clase de caballero eres tú que llega de visita con las manos vacías?

"Que dulce deseo", pensé. Cuando pasé a la habitación, el deseo quedó derrotado. Me imagino que cuando alguien muere es de afuera hacia adentro. Primero el ambiente, luego el cuerpo. La primera parte ya había ocurrido.

En aquella enorme tumba se encontraba también mi hermana Rosa, la que apodamos Lindy. En el lecho, lo que un libro de oncología podría llamar: "Lo que un cáncer avanzado puede hacer con una mujer menuda de dimensiones". Al descorazonador espectáculo, que no lo pude imaginar peor que el de la noche anterior, le habían añadido una mascarilla.

Me mantuve de pie y no recuerdo que en ese momento hayamos cruzado palabra alguna. Luego de seis o siete minutos esperando el desenlace, Lindy se levantó. Cabizbaja sin esperar respuesta alguna dijo:

—Los espero afuera.

Nena y yo seguimos en el ejercicio, al que el español no le ha dado adjetivo aún, de ver a nuestra antorcha apagarse.

Entre los respiros de ella, me llegaron montones de pensamientos. Cuántos respiros como esos fueron necesarios para traerme al mundo. Este mundo es un teatro. A pesar de que a nadie le guste, en un momento dado seremos parte del público y nos garantiza que en otro momento seremos parte del elenco de esta misma escena.

Las únicas palabras que dije, fueron en el sentido de llamar a Antonio, al que llamamos Nene, nuestro hermano mayor, el que vive en Nueva York.

De pronto cesó... cesó. No más respiros. Luego de un tiempo que pudo haber llegado a los dos minutos, volteé la cabeza para observar la reacción de Nena, como si inconscientemente buscara la confirmación porque las enfermeras saben reconocer el final. Nena salió. Regresó con la misma enfermera que me había dado el cálido recibimiento a hacer, me imagino, alguna prueba de rigor. Salí del cuarto, luego la enfermera nos dijo algo del doctor, del acta de defunción y de otras cosas más.

Afuera, recostada del mostrador de la estación de enfermeras, estaba Lindy con el único rostro triste con el que la he visto en mi vida.

−¿Ya? −preguntó.

Buscamos la salida de aquel lugar apresuradamente. Organizaban lo que parecía una actividad de reconocimientos. Creo que era la Semana del Trabajador de la Salud. En nuestra ruta buscando la salida vimos varios rostros que parecían reconocernos.

"Esos tres llevan la marca de la tristeza". "Es seguro que no ha llegado una criatura a sus vidas... han perdido a un ser querido". "Bendito... fortaleza... resignación...". "Para allá vamos todos...".

Un hospital es también, de forma existencial, un aeropuerto, un garaje y una estación de tren.

Pensé en el cáncer, en lo injusto de su método. Es como el ladrón que roba en un lugar y en ruta a canjear su botín tira a la basura el álbum familiar, porque para él no tiene valor de intercambio.

Pensé en todas esas personas que no quieren vivir. Los que aún viven y han sido una maldición para los suyos. Una mujer que no tuvo nada material, que quedó viuda en pleno embarazo y no dejó de trabajar hasta que la enfermedad la detuvo. No se volvió a casar, no se le conoció amigo íntimo... solo se dedicó a sus hijos. En justicia se merecía, al menos, una vida más larga. Por mi formación de matemático sabía que esto no era un asunto de justicia sino de probabilidades.

Aun así, si el cáncer se personificara, le agradecería el haber terminado con ella tan rápido, minimizando su sufrimiento corporal. Lo felicitaría por ser de las pocas cosas ante las cuales los seres humanos somos iguales.

Proseguimos caminando hacia la Funeraria San Juan, que se encuentra a menos de una milla del hospital. Creo que, en el orden de las cosas, es lógico que haya una funeraria cerca de un hospital. La escogimos, no por la proximidad, sino porque estaba localizada en el sector Yambele, en la avenida Paz Granela, muy cerca de donde Yiya se crio.

En el camino me detuve para usar un teléfono público y llamar a mi esposa a su trabajo. En ese momento, ya pasadas las once de la mañana, en otros tiempos, el motivo de mi llamada podía ser anticipado a un encuentro para almuerzo, aprovechando la cercanía de su lugar de empleo y el mío

—Hola, mi amor. —contestó el teléfono.

Menos entusiasta que en otras ocasiones. Hasta pude notar un tono más bajo de voz, e incluso noté un pequeño nudo formado entre el "mi" y el "amor". O quizás, lo imaginé así.

—Yiya murió —dije sin preámbulo alguno y sin esperar reacción proseguí— estoy con Nena y Lindy, vamos rumbo a la Funeraria San Juan.

—Estoy ahí enseguida —dijo casi imperceptible después de un corto silencio, un leve gemido y un aspirar de aire.

Colgué y me dije "pobrecita, tan temprano en la nueva vida, y ya ha sido sicóloga, enfermera, madre y paño de lágrimas". Volví a pensar en los hijos. Reparé en el sentido de que, cuando vengan, no gozarán de abuelos paternos.

Nena también hizo uso del teléfono público. Notamos que en su comunicación habló muy poco y escuchó mucho. Terminó con un "amén".

–¿A quién llamaste? –preguntó Lindy y sin dar espacio a respuesta volvió– ¿A Cruz?

Se refería a la hermana mayor de Yiya. Pudo haber sido a Juana o a Fina, las otras dos tías que nos quedaban. Los padres de Yiya, Cándido y Rita, su hermano mayor Carmelo y su esposo Tongo, mi padre, ya se encontraban fuera del alcance de una llamada telefónica.

–Llamé a Quina –dijo Nena con una leve sonrisa.

Bromeamos en el sentido de que, si lo sabía aquella, se enteraría el resto del país.

Nos mantuvimos calmados todo el trayecto. Me imagino que fue así porque el sufrimiento de Yiya había terminado y aún no habíamos interiorizado por completo aquello de que jamás la volveríamos a ver.

En el trayecto, recordé a Yiya en distintos momentos. Siempre con el turbante, con aquellas zapatillas que sabían la cantidad exacta de pasos entre el caserío Alejandrino y varias casas en la urbanización Santa María en Río Piedras. Todo en silencio como en una película de cine mudo. De pronto, le puse sonido y la recordé desternillada de la risa por alguna ocurrencia de uno de nosotros.

En la caminata, relaté uno de los chistes de familia que consistía en que siendo yo un niño que participaba en las Pequeñas Ligas, jugábamos en un campeonato en Maryland. Tuve la oportunidad de presenciar mi primer juego de grandes ligas: Orioles de Baltimore y Cerveceros de Milwaukee. En esa época, el puertorriqueño

65

Sixto Lezcano jugaba con los Cerveceros y todos uniformaditos tuvimos la oportunidad de retratarnos con algunos de los compañeros de Lezcano. En la noche, durante el ritual de llamar a los nuestros acá y luego del mandatorio: "ai uant tu col colet to puelto rico", me comuniqué con Yiya a la casa de un familiar.

–Yiya, bendición. Hank Aaron me dio la mano – le dije.

Hubo silencio en la línea. Pensé que había problemas de comunicación y que no me escuchó.

–Yiya, bendición. Hank Aaron me dio la mano – repetí, esta vez más alto.

–¿Quién carajos es Hank Aaron? –fue su respuesta.

El silencio ahora era de mi lado. No podía concebir a aquella edad y tan entusiasmado con el béisbol, que existiera una sola persona en nuestro planeta y planetas vecinos, que no supiera quién era Hank Aaron y que esa persona fuera mi madre.

–¿Cómo va todo? –me preguntó en una de las últimas conversaciones que tuvimos.

Eso fue el Día de Las Madres, se refería a cómo nos iba a los recién casados y qué había de nuevo. Desde diciembre no vivíamos bajo el mismo techo. Estoy seguro de que no escuchó la contestación.

Hablamos mucho, nos reímos muy poco, lloramos nada.

Pensé en lo que había presenciado minutos antes, nunca me había sucedido y ahora que soy ciego, será un hecho inalterable: la única persona a quien he visto respirar por última vez ha sido a Yiya, mi madre.

Recordé que dejé atrás en la mañana el café a medias. No sé si ahora lo tomo para recordarla a ella. Soy el único de sus hijos que toma café. Recuerdo ese día y tengo reminiscencias supersticiosas. Creo que si termino el café que empiezo, ese día todo estará bien. El

66

olfato ha tomado protagonismo en mí, y ese olor me permite ir por encima del olor a sofrito de su cocina, del olor a almidón y vapor de agua de su plancha... Simplemente, es la forma más aromática de recordar al ser que fue y será la luz que vi por vez primera.

Invisible

A Vilma

Escuchó el auto doblar la esquina, pero ese no era el que esperaba. Era el de don Tito, su reliquia con la correa de *power steering* sin ajustar y los *shock absorbers* en constante queja, que alebrestaba a los perros de toda la calle.

Se detuvo el auto. El sonido, más bien, el rechinar de ambas puertas, le indicó que estaba doña Elba con él.

Lo saludaron ambos y él correspondió como se debía a tan agradables vecinos.

–Sí, estoy bien, aquí esperando a una cenicienta con su calabazo último modelo.

–Vaya –dijo doña Elba– por eso estamos tan elegantes.

Otro motor dobló la esquina en su dirección. Esta vez, no les importó a los perros. El auto se detuvo cerca de él. El sonido del abanico le decía que el acondicionador de aire estaba intenso, a pesar de que la tarde estaba fresca.

Con el sonido de un disco que se raya lentamente, se abría el cristal del pasajero:

–¿Carmelo? – se escuchó la voz femenina, un poco menos entusiasta que la del teléfono en los últimos días.

–¿Gladys? –preguntó solo por corresponder.

Se acercó al auto, por el lado que más se sentía el motor.

–Que disfruten –se escuchó desde la calle detrás del auto.

Volteó a sonreírle a doña Elba. Siguió la línea del bonete para encontrarse con el retrovisor y la línea del cristal de la ventana con la puerta, para abrirla. Al entrar, lo recibió el abrazo del cinturón de seguridad, que lo cruzó de cadera izquierda a hombro derecho.

Se saludaron, aunque el saludo de ella no resultó tan efusivo como él esperaba. Él no oyó el crujido que produce el torcerse en una butaca de automóvil, por lo que entendió que ella no giró hacia él para buscar su mejilla.

–Vamos para el Tapia, ¿verdad? –preguntó ella.

–Sí, así es –contestó él y añadió– ¡Qué rico huele ese perfume!

–¡Gracias! –soltó con poco ánimo después de una pausa.

A eso le siguió un silencio prolongado. Ella encendió el radio en la emisora que le había confesado, por correo electrónico, que era su preferida.

–Los Hispanos interpretando a Bobby Capó –señaló él y añadió– dicen que Tato Díaz es la mejor segunda voz que ha dado este país.

–Interesante que tú te sepas esas canciones.

A él le extrañó la extrañeza de ella. La mayoría de sus conversaciones giraban en torno al bolero y a la música de tríos.

A la abuela de Carmelo, con la que él se crio, le encantaba esa música. Se bromeaba en sus tiempos de moza, que ella era la razón por la que la gran Toña La Negra no venía a Puerto Rico.

Él notó que ella guiaba despacio y, en un par de ocasiones, impetuosos conductores le pasaban a gran velocidad hostigando sus bocinas.

Después de la proeza de estacionar en El Viejo San Juan, la movilidad hasta el teatro no tuvo contratiempos. Él notó que, según las dimensiones del brazo, ella era llenita y debía medir unos 5 pies y dos pulgadas.

El caminar lento era bien característico de las personas que practicaban movilidad con un ciego por primera vez. Al principio existe una precaución excesiva, pensando que el ciego se va a caer, pero al pasar del tiempo, los verían por las aceras como dos "bebecervezas" buscando un baño.

Cerca ya de la taquilla, ella le pidió que esperara en lo que resolvía eso. Él pudo escuchar algo sobre un descuento y se imaginó que la empleada era la misma muchacha que lo atendió la vez anterior. Ella le informó que, en las facilidades del gobierno, las personas con impedimentos pagaban con descuento. El bastón y los lentes oscuros siempre lo delataban; ni siquiera le pedían la identificación.

En el teatro, se encontraron de frente con una amiga de Gladys.

–Hola nena... ¿cómo tú estás? –preguntó la amiga– ¡Qué bien te ves!

–Gracias.

Luego de una pequeña pausa y sin que presentaran a Carmelo:

–Hablamos luego –se despidió la amiga.

Gladys lo ayudó a conseguir su asiento y dijo que regresaba pronto.

"¿Qué bien te ves?", pensó él. "¿Estuvo muy enferma o sufrió algún accidente?". Sus pensamientos fueron interrumpidos por una pareja que muy cortésmente pidió pasar para llegar a sus asientos.

Gladys regresó un poco más parca. Durante el intermedio, se quedaron en sus butacas y con Gladys más animada, hablaron de béisbol. Ella era muy buena en las estadísticas y contó que su padre fue pelotero en la doble A.

Luego de ver "Los soles truncos", ya en el auto, él creyó que a ella le había causado tristeza. Quizás por alguna experiencia, es triste el hecho de que tres mujeres mueran quemadas en la obra.

Ella comentó el asunto de que las mujeres estuvieran compitiendo por un hombre, una de ellas muy agraciada, las otras no tanto. Carmelo prestó mucha atención y sabía que abordaría ese tema luego. Presintiendo que usando estos sistemas de socialización por la Internet, que fue como se conocieron, ella como él, eran de los poco agraciados.

Hablaron del teatro clásico, de las producciones y de las actuaciones en general; con Lucy Boscana ganando en simpatías. Él pensó que habría tiempo para libar algo y empezar con "cuéntame tu vida en quince minutos"; pero dos menciones de lo tarde que era y un largo bostezo, le dijeron a Carmelo que el Hada Madrina de su Cenicienta le había puesto un estricto toque de queda.

Ella estacionó en donde mismo lo recogió. Después de un largo silencio, mientras escuchaban unas melodías y conversaban sobre el vecindario, él movió su mano para tratar de encontrar la de ella. Con mucha suerte, luego de salvar el islote de la palanca de cambios y la emergencia, encontró la mano buscada. Mano que ella retiró con rapidez, pero sin brusquedad.

Él no se disculpó, pero después de un corto silencio, comenzó con el mensaje de despedida.

—Pues, la pasé chévere, y espero que tú lo hayas pasado bien también.

Creyó que era el momento para profundizar en lo que evidentemente fue, al menos para él, una velada sosa. Lo pensó un momento, prefirió abrir la puerta.

—¿Necesitas ayuda?

—No, gracias, esto lo domino muy bien... gracias.

Subió a la acera, buscó el borde con la grama. Se guio por ese borde hasta encontrar la gran referencia del poste de alumbrado. Después de ahí, aligeró el paso y se perdió por un pasillo.

Siguió ella en dirección a su hogar. Se decía a sí misma: "Nunca me imaginé nada de esto".

Ida en esos pensamientos, un sonido de trompeta apocalíptica seguida de una voz de megáfono le decía:

—¡Detenga el auto!

Sobresaltada, miró por el retrovisor y vio la luz intermitente de una patrulla de policía y de inmediato detuvo el auto.

Sintió los pasos del representante del orden y se prestó a abrir el cristal. Resultó que era una oficial que, ya cerca de la puerta, pedía licencia de conducir y la del automóvil.

Cuando la oficial se separó un poco de la puerta, a la que se había acercado con la intención de percibir algún olor que pudiera explicar el comportamiento en carretera de la conductora, vio un rostro hecho un mosaico de lágrimas. Lo negro de la línea del ojo, de las pestañas; las gotas que habían llegado hasta la boca también dañando el rojizo artificial. En las mejillas las dos pistas que habían dejado las lágrimas ahora trataban de llegar al abismo de la quijada…

—¿Está bien señora?

—Sí, estoy bien… tú sabes.

—Mamita —dijo la oficial con voz dulce— venías dando zigzags por la carretera.

—Perdone, no me percaté. Estaba pensando en… cosas.

La oficial, practicando su adiestramiento, trataba de imaginarse qué le sucedía a la señora. Pensó que a esta hora, el llanto no podía ser que un médico le dijo cuál era la enfermedad que la acompañaría hasta su muerte. La ropa, relativamente vistosa, tampoco significaba que venía del velorio de esa amiga de infancia que guardaba el secreto de quién la besó por primera vez. Ese "tú sabes" solo significaba: ellos... los hombres.

"De seguro, el compañero que tenía, conoció a una con las nalgas y los senos de esos que desafían la gravedad y mandó a la pobre doñita pa' el hogar de cuido", pensó.

La oficial volvió a estudiar la licencia. En la fecha de nacimiento, el año le decía claramente la edad: igual a la de su madre.

—¿A dónde vas linda?

—Para mi casa.

—¿Dónde vives?

—Ahí en Valle Gris.

La oficial confirmó con la licencia, se la devolvió, también la del auto. Después de ver la señal de la otra agente que se quedó en la patrulla investigando la tablilla del vehículo, le dijo a la conductora:

—Te vamos a seguir, linda... ¿Está bien? —preguntó poniéndole la mano derecha sobre el hombro izquierdo de Gladys.

Ella subió el cristal y se sintió mejor, no por ser escoltada hasta su casa, sino por volver a tener el deleite de escoger sentirse mal. Retomó lo de pensar en Carmelo. Nuevamente la caldera de su pecho comenzó a generar el vapor que se sublimaba al llegar a la cabeza y salía en líquido por sus ojos. Sabía que estaba recibiendo un mensaje de la vida, esa que solo se comunica en ironía.

"Nunca me imaginé que él fuera así"; se repetía una y otra vez. "Tan especial... tan sensible... qué pena".

Ya en la entrada de su marquesina, apretó el botón para abrir el portón desde el auto, el cual hizo un ruido que rompió el silencio del vecindario. Escuchó un bocinazo y el pasar de la patrulla en dirección a la otra avenida.

Permaneció en el auto por unos minutos. Además de pensar en Carmelo, pensó en Meri, la que le consiguió el traje para esta velada especial. La misma que le decía el día anterior que tenía suerte de tener al menos una cita ciega. Esto último la hizo sonreír, lo otro le arrancó una carcajada. Recordó que Meri, el año pasado, cuando Gladys cumplió los sesenta y dos, decía que la mujer después de los cincuenta y cinco, se hace totalmente invisible. Ningún hombre se fija en ellas.

Seguía la risa con el hecho de lo mucho que se esmeró Meri para maquillarla. "La apariencia… la apariencia…" pensó. Le vino a la mente el hecho de que en la comunicación en computadora, Carmelo fue el único que no le exigió una foto.

Recordaba también el hecho de que Meri le recomendase el que fuese ella la que pasara a recogerlo, cumpliendo con una tendencia más moderna y que iba junto a la novedad de la computadora y todo eso.

Levantó la mano a la altura de la cara. Se miraba el reverso y se preguntaba: "¿Qué él hubiera sabido de haberle permitido estudiar mi mano? No puede ser, no puede ser. ¿Qué diría mi hijo ahora en navidades cuando venga a visitarnos desde Orlando?" Recordó que el año pasado el hijo vino y le celebraron el cumpleaños número 40.

"Esto no puede ser" se repitió.

Volvió a apretar el botón, siendo piadosa con todos aquellos de sueños livianos, curiosos e insomnes que están en vilo desde que la motorizada compuerta se abrió. A esa hora, el sonido de la compuerta al cerrarse, sonó como las rejas en las película de encarcelados. Fue entonces cuando decidió bajarse del auto.

En esos momentos, Carmelo, ya en su cuarto y frente a la computadora, leía el intercambio de correos entre ellos. Leyó nuevamente el perfil de ella, el suyo. Se aseguró de haber escogido la opción de relacionarse por gustos, y no por lo demográfico.

En una ocasión, por teléfono, se le ocurrió a él declamar algo de José Antonio Dávila. A ella le gustó tanto, que en otra ocasión comenzó demandando el poema Yerba Mora.

Las reacciones de ella lo hicieron pensar que estaban en otro nivel. Ella era su cenicienta, pero por el vecindario donde vivía, él no era un príncipe y definitivamente no era azul. No era azul... aunque graciosamente lo llamaban "de color". "¿Negro?" "¿Sería eso?" se preguntó.

A pesar de que el sistema preguntaba por la etnia, ésta era opcional y él no la puso. "No, no, no puede ser el color de mi piel". Recordó las conversaciones telefónicas de la obra de Isabelo Zenón Cruz, el hecho de que ella supiera de Juano Hernández y que encontraba al pelotero Carlos Delgado, guapísimo. Carmelo tampoco tenía idea del color de la piel de Gladys.

El enfriamiento de ella tenía que ser por la ceguera de él. Saltó todos los campos de la pantalla ayudado por su lector electrónico. Iba revisando, uno a uno, los encasillados que pedían información, la mayoría de ellos vacíos: escuela superior, clase graduada, fecha de nacimiento... Buscó en el formulario electrónico el encasillado de texto que le permitía escribir libremente sobre él mismo y que en ninguna parte decía que era ciego. Lo escribió una vez y lo borró... otra vez... y otra vez lo borró.

Tenía que admitir que lo de tocar su mano no estuvo bien, fue casi desesperado. Llamaría para disculparse. "Carmelo, no todo el mundo está en esas. Ella solo quería salir, visitar lugares en compañía". Pensó que todo el dulce estaba en su mente y a todo lo que ella decía, él le ponía el almíbar. Cuando ella escribía, la interpretación se filtraba a través de la ventana abierta del exhibicionista de su interior, que no se acostumbraba a estar solo.

Esperó por la campanita que anunciaba un nuevo mensaje electrónico en la computadora, o el sonar del teléfono. Nada.

Apagó la computadora y puso a cargar la batería del teléfono. Recordó el consejo de que en la vida todo era hacer ajustes. Ahora, a punto de cumplir treinta y siete años, y con la ceguera, lo correcto era tomar las cosas con calma.

Juguete

♫ *"...No me interesa tu historia*
ni el futuro incierto
si contigo es...
yo quiero ser un juguete
si es de tu querer..."

"Juguete".
—Bobby Capó

–**No me interesa tu historia**, tampoco lo que haces –le dije.

En aquel momento me preguntó si en todas estas noches, en las que visité la barra, no había notado lo que hacía ella para ganarse la vida. Yo tenía todo claro, pero no me importaba. Lo que sentía por alguien en esos momentos de mi vida, era hasta más importante que lo que pensaba. Ella disfrutaba de un cigarrillo.

Se rio todo el tiempo de mis comentarios y dejó la risa cuando le hablé de mis intenciones y que debía pensarlo. Yo era una persona muy seria y en esos momentos buscaba compañía... y que si era tan encantadora y bonita como ella, mejor.

–O sea que, somos marido y mujer por el día. De noche estaré aquí en lo mío, en lo que tú me esperas en la casa, viendo juegos de pelota y todo eso –dijo con sarcasmo.

–La primera vez que te vi, te observé todo el tiempo y no pude evitar escuchar la conversación que sostuviste con otra de las muchachas, en el sentido de que estabas cansada y que no querías hacer esto más.

–Bueno... sí, pero, ¿tú te crees que es tan fácil salir de esto? Yo trabajo y pago un "seguro" como ustedes pagan una cuota o algún dinero a una unión o algo así.

Estuvo a la defensiva y hasta me preguntó que si era policía.

En ese momento saqué el dinero que me habían dicho era el importe generoso en los encuentros y se lo ofrecí.

–¿Qué es eso? –preguntó.

–Espero que no te ofenda, pero si otros pagan por placer. Yo miré a tus ojos, te oí reír, me hablaste... ya obtuve el mío.

Los tomó y los guardó en el sostén-alcancía.

Desde esa noche no paré de pensar en cómo venir con un plan que solucionara el problema de ella, que también era el mío.

"Ni el futuro incierto, ni el qué dirán me importa... Esta vez me guiaré por lo que siento". En estas cosas pensaba, mientras esperaba que el lugarteniente de Pachín regresara con una respuesta. Pachín era el dueño de todo el sector. Era la persona a la que ella pagaba el seguro. Creo que a esos les llaman "chulos". Se dice por ahí, que en una ocasión, un cliente de una de las muchachas, a pesar de que ella le advirtió que no se podía hacer lo del "polvo estrecho", la forzó. La muchacha reclamó al seguro y nadie ha sabido más del sodomita.

Pude ver desde este lado de la calle a Pachín hablando con ella. Este parecía sonreír, eso era una buena señal. Luego se dieron un largo abrazo. Él la besó en la frente y ella partió en dirección a la barra. Pachín quedó mirándome por un instante en que dejé de respirar. Por un momento, me atrevería asegurar que me hizo una reverencia y caminó en dirección opuesta a la de ella.

El lugarteniente regresó con el sobre de dinero que le había dado.

—Pachín dice que no hay problema —me dijo al oído y se acercó un poco más para darme el sobre—. Esto no es necesario.

Ella me recibió luego en el apartamento que quedaba prácticamente sobre la barra.

—¿Tú eres loco? Pachín te pudo haber dado dos tiros allí mismo y cuando viniera la policía, te hubieran llevado en la patrulla a enterrarte o tirarte al mar.

No hice comentario alguno. Ella continuó enojada:

—Tuviste suerte de que, según lo que me dijo, un familiar tuyo, que era policía, estaba en nómina y cuando se lo llevaron por corrupto cumplió sin delatar a nadie.

—Sí, debe referirse a mi tío. Le decían Cabo Lugo y siempre estuvo en cosas raras.

—Pues cuando lo veas agradécele que estés vivo.

—También le llevé dinero, pero no lo aceptó.

—¿Dinero?¿Qué dinero?

—Pensé que si pedía que te dejara libre, eso le afectaría los ingresos. Quería que supiera que tomé en consideración que es un hombre de negocios.

—O sea, que me compraste, cambié de dueño.

—No, no lo tomes así. Puedes hacer lo que quieras con tu vida.

—Mira, vete. Son demasiadas cosas en una sola noche, debo pensar… Por favor, ¡vete!

No pude dormir esa noche y la visité al tercer día por la mañana.

—**Si contigo es** que viviré el resto de mis días, no tengo temor alguno de lo que me pueda pasar… Creo que vale la pena hacer cosas, después de que sea honesto —le dije parado en la puerta del apartamento.

No sé si aún estaba enojada por el intercambio de la otra noche, pero bajó la cabeza y me dejó entrar.

Era un apartamento bien pequeño con un sofá, una cama y un gavetero con un radio sobre él. Al final había una puerta que debía ser la del baño y una mesa donde nos sentamos ocupando las únicas dos sillas, en la mesa había un teléfono móvil y una libreta abierta.

—No tengo qué ofrecerte, casi nunca como aquí —comenzó.

—No te preocupes, ¿quieres desayunar conmigo?

Lo pensó un momento y en un movimiento ágil se puso de pie:

—Deja que me arregle —sonreí, me correspondió y volvió a sentarse.

Se acercó y puso los codos en la mesa y las rodillas en la silla. Los senos estaban desnudos bajo la fina bata y los acercó, sin quitar la vista de mis ojos... Retiré la vista por un momento y volví a encontrarme con la de ella. Mi nerviosismo era evidente y ella dibujó una sonrisa arqueando las cejas. Se puso los puños debajo del mentón y comenzó a hacer movimientos con los labios y unas muecas graciosas. Yo no hacía otra cosa que sonreír y taparme la boca con el nudillo del índice de la mano derecha. Cruzó los brazos en la mesa, les dejó caer los hermosos senos y les daba una mirada y luego me miraba en un gesto de evidente ofrecimiento.

Acercó la mano izquierda a mi mejilla, me la pellizcó, luego me dio un apretón de nariz y pude escucharle un:

—Eres lindo.

Luego se apartó retirando los codos, puso una pierna en el piso, la otra la mantuvo en la silla y se llevó ambas manos al ruedo de la bata y amenazó con subírsela. Sonrió como una chiquilla, caminó unos pasos, se volteó y dijo:

—Te agradezco mucho lo que hiciste con Pachín... No estuvo bien que te dijera todas aquellas cosas la otra noche.

—Vente así, estás preciosa —le dije sin hacerle mucho caso a lo que intentaba decir.

Allá en la cafetería hablamos sin parar.

–**Yo quiero ser un juguete**, un muñeco, tu perrito faldero, qué importa cómo me llamen, después de que nos entendamos bien –le dije todo esto, cuando empezó con sus advertencias de si yo era así de alcahuete con todas las mujeres.

Cada vez que entraba alguien a la cafetería, se notaba nerviosa y miraba sólo al plato. Le toqué la mano y le dije que todo estaría bien, me la apretó fuerte y me dio las gracias. Se acomodó y con más confianza.

–Entonces, ¿vas a complacerme en todos mis caprichos?

–Sí, eso me haría sentir bien y espero que a ti también.

–Me pondría gorda y luego no me querrías.

–Si lo que te preocupa es mi espalda, cuando te pongas gorda, entonces de ahí en adelante... yo iré arriba.

Reímos como niños, hasta que ella se interrumpió:

–Tienes respuesta para todo –dijo aún con el agite de la risa.

Me despedí de ella en la puerta del apartamento.

–Puedes venir en la noche... si quieres –dijo mirándome a los ojos sin pestañear.

–Aquí estaré –respondí sin mostrar todo el júbilo.

Llegué esa noche con una flor y un disco compacto.

–Gracias, qué detalle más bonito –dijo tomando la flor–. ¿Y esto? –preguntó leyendo el título del CD.

–Los Condes interpretando a Manzanero – contesté.

–¿Cómo sabías que era mi favorito?

–Me fijé que siempre lo escogías en la vellonera o enviabas a tu acompañante a que lo seleccionara.

84

También observé cómo te lamías el labio inferior, cómo cerrabas los ojos en ciertas estrofas y tu semblante cuando los volvías a abrir.

Traté de sentarme en la cama, pero me lo impidió:

–No, no te sientes ahí... vente acá, al sofá.

Me miró por un buen momento. Fue a la mesita de noche al lado de la cama y sacó un casete. Lo puso en el radio y se sentó a mi lado en el sofá.

Empezó la música, efectivamente era: "Contigo aprendí".

Comenzamos a bailar el bolero. Ella estaba rígida al inicio. Pero poco a poco se fue soltando y calmando hasta recostar su cabeza en mi pecho. Cerré los ojos, disfruté del enganche y me surgió un deseo súbito de prestar atención a la letra de la canción.

Ella se despegó un poco y cuando Rafita Maldonado subía las notas en:

"...♫que puede un beso ser más dulce, más profundo... ♫que puedo irme mañana mismo de este mundo".

Me besó. En unos segundos se convirtió en nos besamos. No sé si fue un juego de la mente, pero me supo a lo que me imaginaba: crema caliente de piña.

Y, como si la canción fuese un guion, aproveché que esta vez volvió Rafita a zafarse como primera voz y con una hermosa nota me apuntó:

"...♫contigo aprendí... que yo nací el día en que te conocí..."

Nos volvimos a besar, nos quedamos abrazados un tiempo después de que acabó la canción. Nos separamos, ambos vimos en el otro algunas lágrimas. Soltamos una risita nerviosa y nos cogimos de la mano. Eso del beso, me han dicho, nunca es parte del ofrecimiento en el negocio de ella, no importa las exigencias o el pago del cliente.

–¿Te vas a quedar esta noche?

–**Si es de tu querer** ese deseo, mi ama, así será.

–Ah, verdad. Había olvidado que eres mi juguete. Dormiremos en el sofá. Tengo unos ahorros, tú me consigues el *CD Player* y yo me consigo una cama.

–¿Qué pasa con esa cama?

–Ella… también se retira –dijo mirándola como si la cama fuera una mascota enferma que pronto se pondría a dormir.

Desde abajo la vellonera hacía embocadura a los primeros acordes de una melodía. Ella apretó su rostro contra mi pecho…

–Esa es hermosa.

Parecía que el volumen estaba más alto y podría asegurar que varias personas la cantaban a coro… El aire se compactó para darle espacio a Cheo Feliciano que hipnotizaba con:

"♫*Sé que has tenido en tu vida… la mar de aventuras…*"

Todo era un gran suspiro en aquel ambiente tan lleno de amor, disfrazado de placer.

El maíz de la mazorca

No hay duda de que Jorge hace eso magistralmente. Es bueno en otras cosas también, pero me conoce mejor que yo misma a la hora de satisfacer los labios de la entrepierna. Me afeité el pubis y parece que eso le gustó. Lo hice a sugerencia de mi hermana Gigi, quien a pesar de su vulgaridad, sabe más que yo de estas cosas. Además, no quiero que lleguen "esos días" y me sorprendan velluda, con el flujo pesado que he tenido en los últimos meses. Debo estar a dos o tres días de esa fecha, así es que todo está muy bien.

Jorge está en el punto de estrujarse en la "sopa de caimito" como él le llama.

Usa ambas manos para tocar todo en el área incluyendo las piernas, manoseándolas hasta los tobillos. Había superado aquello de que me jugara con el orificio pequeño, metiendo el dedo de predilección. Cuando acababa todo, me besaba... con toda modestia, era cierto, sabía a caimito. El condenado puede separar y abrirse camino con solo lengua y nariz. Para confirmar su maestría, sube una mano para tantear uno de los senos, la dureza de la corona, y de esa forma inflar su ego e inspirarse para el próximo nivel.

Siempre sube la mano ya sudada, amelcochada y ensalivada; lo que me sorprende por la calidez. Busco encontrar su mano para activar mi mente por los fluidos que se destilaron en mí.

Esa vez sentí sus manos líquidas, pero no lubricadas. La poca luz que siempre usamos para nuestros encuentros, me permitió ver la mancha roja en la mano. Parece que él sintió mi rigidez y subió su vista sobre mi vientre y lo vi.

–¡Nene! –fue lo único que me salió.

Levanté la pierna izquierda, giré sobre el lado derecho, en el movimiento, golpeé a Jorge sin intención en la cabeza, recogí del piso una toalla y corrí hacia el baño.

Me lavé las manos y allí estaba: mi hornilla de placer, tan ensangrentada como calva. Me aseé, me di un baño de todo el cuerpo y una ducha vaginal.

Salí envuelta en la toalla y con una toallita sanitaria en las manos. Me imaginé que Jorge se aseó en el medio baño. No sabía cómo enfrentar a mi hombre convertido en vampiro.

Cuando estoy menstruando, en las mañanas Jorge me pide un "trabajo de mano y muñeca". Dice que soy buena en eso y ya he superado aquello de taparle el glande con una toalla en el momento de eyacular. Me dijo que no le gustaba y que la dejara correr. Le dije que ese reguero me hacía cambiar la ropa de cama, pues la próstata de Jorge no es nada parca. El médico dice que para nadar es mucho, pero los nadadores no lo son tanto, por eso aún no he quedado embarazada en los tres años que llevamos de casados. Transamos en que él me la vierta en los pechos. Pidió las nalgas, pero generalmente tengo una faja puesta y es más difícil el asearme. Últimamente, cuando mi movimiento rítmico de la mano lo hace jadear… usa la mano para marcarme el nuevo ritmo y cuando llega al punto de no poder regresar, me dice:

–Así mamita, sácamela, esa mazorca es toda tuya.

¿Mazorca? Gigi me dice que cada hombre le pone nombre a su miembro, pues quien toma la mayoría de las decisiones no puede ser un anónimo… pero ¿mazorca? ¿Viniendo de un hombre que detesta el maíz? Bueno, yo hablo en lenguas cuando estoy en ese punto de no regreso, así que lo del nombre es lo de menos.

Unos días después llegó mi hermana Gigi, con su esposo Juan, al que ella llama Nito.

Surgió la conversación del sangrado. Se lo había dicho por teléfono, pero no pensé que lo mencionaría.

—Chacha, si Nito ha estado de buzo y ha salido como un vampiro. ¿Verdad Nito?

Nito asintió con la cabeza y, como siempre, no dijo nada. Nunca hablaba. Una vez nos sorprendió en una despedida de año, cuando dijo que declamaría El Brindis del Bohemio y comenzó con:

—Las doce, compañeros...

No dijo nada más, se sentó y siguió bebiendo.

Gigi dice que a pesar de que no habla mucho, es un gran orador. No entendí el doble sentido, hasta que le hablé de las proezas de Jorge, y concluimos que ambos eran buenos oradores.

Jorge sonrió después de lo del vampiro y parecía que iba a decir algo, pero mis ojos le dijeron: "no te atrevas", y ahí acabó todo, al menos con Jorge.

—No sé por qué tanta cosa —siguió Gigi—, si la gente va a los restaurantes a pedir un *bloody steak*... mi sangre tiene que ser más limpia que la de una vaca. El chiste que tenemos, ¿verdad, Nito?, es que el hilo del tampón es para higiene dental.

No conforme con su disertación en hematología, llegó a otra de las vergüenzas, según ella, no justificadas, como aquella en que en los juegos con Nito, él le sacó una muestra del almuerzo del día anterior vía anal.

No me quedó otro remedio que buscar un poco de diversión en la cosa:

—Gigi, ¿por qué no hablaste de eso durante la cena?

Me miró, lo pensó un rato y soltó:

—No estábamos hablando de eso y nadie me preguntó.

Ni siquiera notó el sarcasmo y terminó la nota de lo que entendió era la solución higiénica:

–Desde ese día me doy enemas, antes del "análisis"… ¿verdad Nito?

No lo miré, pero me imaginé que Nito asintió con la cabeza.

Los acompañamos al carro y la "vecina desnuda", así la llamo, estaba, como acostumbra, en la bata transparente, con un cinturón amarrado al frente como si fuera un regalo. Tiene unos enormes senos que admito no necesitan sostén y cuando ella se voltea, muestra aquellas nalgas que en todo caso perfeccionan el resto del diseño… se retira sin prisa, dando unos pasitos a ritmo de bomba y cierra la puerta.

Le hice saber a Gigi que luego hablaríamos de la vecina, pues parece que tiene planes para mi Jorge.

Pasaron dos semanas desde ese día y logré hablar con Gigi. Le comenté que Jorge se estaba comportando raro en esos días. Había llegado tarde en varias ocasiones y se había antojado de comer mantecado de *Rocky Road* en la cama. Le dije a Gigi que Jorge tiene intolerancia a la lactosa y la flatulencia ha alterado la pureza del aire mañanero.

Le traje el tema de la vecina y preguntó:

–¿Cuál? ¿la chiquita aquella?

–¿Qué chiquita? Si aquella es una mujerona, un *Centerfold* en tres dimensiones.

–Creí que era una chiquitita que estaba por allí, porque me pareció rara –me dijo con algo de seguridad.

–Esa chiquita es nueva y es de lo más simpática.

–Bueno, la exhibicionista… creo que es solo eso, una exhibicionista.

Me aconsejó que me pusiera en vela.

Esa misma noche, Jorge, con un sudor frío, me levantó a eso de las 2:35 am según el reloj y lo primero que noté fue la peste. Suerte que cuando uno duerme, el olfato se apaga. Jorge trató de salir de la cama, pero no lo suficientemente rápido como para evitar vomitar la cama y el piso. Me incorporé enseguida para ayudarlo a llegar al baño. Resbalé en el vómito, me caí de pecho, me levanté con dificultad y seguí con él. Ya en el baño, se arrodilló a vomitar. Mientras lo auxilio, me percaté de que sus piernas estaban manchadas con una crema marrón. Ya no era necesario que le pidiera sentarse: todo era tarde. No tan tarde, pues vino otra ráfaga de excremento y le pedí que se metiera a la bañera. Decía que se sentía mareado al tiempo que no paraba de traer cosas por boca y ano. Llamé a una ambulancia y luego llamé a Gigi para que me ayudara con la emergencia, pues yo estaba hecha un vertedero y no podía dejar la casa así. Comencé a limpiar todo. Si le hubiese impedido salir del cuarto cuando comenzó todo, la limpieza hubiese sido más fácil. Había un púrpura en el vómito que me recordó la ocasión que vomité vino.

La excreta, tipo diarrea con algún sólido fue lo más interesante. En toda aquella maqueta de mangle, se podía notar habichuelas y un grano de color amarillo inconfundible.

Después de la limpieza, llegué al hospital. A Jorge lo tenían con suero, pero ya estaba fuera de peligro.

Luego fui al colmado para comprar artículos de limpieza, dado que, prácticamente se me acabaron todos. Esperé en fila, pensando en dónde habrá comido... Al frente mío, estaba la vecina pequeñita a la que Gigi hizo mención y como lo de la ambulancia fue todo un espectáculo, me preguntó por Jorge. En ningún momento me miró a los ojos. Recibí una llamada de Gigi. Le dije que me siento más tranquila, que le agradecía lo que hicieron en la urgencia y que estaba comprando lo que se me acabó, claro está sin darle detalles sobre la limpieza.

Hice un inventario de lo que compré; las cosas de la vecina estaban cerca de las mías... De pronto, cerré los ojos, le dije a Gigi que la llamaría luego y comencé a reír.

La vecina me miró y cuando terminé de reír, dije:

–¡Qué estúpida soy!

Ensayé con la vecina, el rostro más expresivo:

–Sabe usted, Jorge me confesó varias cosas – traté en lo posible que pareciera una confesión real.

Noté que ella bajó la cabeza, sujetó el borde de la correa que estaba cerca de la caja registradora. Volví a examinar los artículos de la vecina, entre otras cosas tenía: unas mazorcas de maíz, una pinta de mantecado *Rocky Road*, un vino tinto, un tubo de lubricante cuyo nombre me recuerda al estado de Kentucky y dos libras de café.

Pensé que lo próximo que diría, lo podría disfrazar con algo relacionado al café o al mantecado, en caso de que me equivocara, pero lo solté:

–Ustedes no deben seguir juntos.

Noté cuando se le trincó la nuca, esperé dos, tres segundos y pestañeé. Ella titubeó, se acercó y dijo:

–No hay necesidad de hacer un espectáculo aquí... podemos hablar afuera.

Me sorprendí a la vez que sentí una extraña alegría por mi certera deducción.

Afuera ella me habló, no dije mucho y me despedí amablemente. En ruta a casa, pensé sobre lo que haría con Jorge cuando saliera del hospital. La vecina despampanante estaba en el balcón y me llamó. "Qué día para sorpresas", pensé. Preguntó por Jorge y le contesté. Me dio su nombre, se puso a mi disposición y pude notar que esta vez la bata era igual de transparente, pero no tenía el cinturón. Se abrió desde los enormes pechos y me sorprendió observándola, o más bien, admirándola.

Cuando volví a sus ojos, tenía una ceja levantada y la sonrisa maliciosa que acompaña a ese tipo de mirada. Se volteó, hizo el paso rítmico mucho más lento esta vez, y entró a la casa... dejó la puerta abierta.

La botella de vino

VII

La respiración se me detuvo cuando vi a la espectacular joven que se acercaba con paso indeciso, como quien no querría interrumpirme. Un grupo de lectores y amigos me felicitaban y comentaban sobre mi novela. Me quedé observando a la joven y me separé un poco del grupo para recibirla, como si la muchacha fuera una estudiante o un familiar. Traté en lo posible de mantener el rostro sobrio al contemplar aquel cuerpo donde todo estaba en su sitio.

—Profesor Cánovas —me estiró la mano— leí su novela y me parece espectacular.

—Gracias... ¿con quién tengo el gusto de hablar?

—Con Estefanía Duarte.

—Sus padres profetizaron al haberle puesto un nombre tan lindo a una muchacha que resultó ser tan hermosa.

—Ay, qué galante... su novela es tan femenina... parece que usted sabe mucho de mujeres.

Parecía que regresaban los viejos tiempos. Tiempos cuando las conversaciones evolucionaban desde literatura y arte, a "dígame, ¿qué cree de lo que he escrito?", pasando por "conéctame con alguien en alguna editorial" y el cobro en carnes duras que era de las pocas cosas que me fascinaban de esta vida.

—Bueno, parece que la presentación va a comenzar —dijo ella—. Tengo aquí mi ejemplar de su novela, y no puedo quedarme para el resto de la presentación...

—Claro, te la dedico ahora mismo —dije y saqué el bolígrafo—. Me dijiste que te llamas Estefanía Duarte, ¿verdad?

–Mejor que sea para Yadira. Estefanía es mi nombre de escritora. Pensándolo bien, si se puede incluir a mi hermana en la dedicatoria, mejor.

–¿Cuál es el nombre de ella?

–Que sea para Yadira y Émily Bassat.

Se me detuvo la respiración, también la mano. Los ojos me traicionaron y tuve que cerrarlos. Traté de justificar el lenguaje facial con un:

–Émily Bassat... como que he escuchado ese nombre.

Creo haber actuado bien, pues no me detuve en ningún momento después de haberme estremecido. Cuando subí la vista a la altura de los ojos de la belleza, eran color pepa de tamarindo, como otros que no he podido olvidar.

Traté de dominar el temblor en mis manos y se me ocurrió un:

–Si quieres te regalo un ejemplar para tu hermana.

Después de una pausa, aclaró la garganta y dijo:

–No será necesario, ya ella no está con nosotros.

–Lo lamento mucho, perder un ser querido es muy doloroso.

Miró al piso por el lado izquierdo y luego me apuntó con las pepas de tamarindo:

–Lo de mi hermana es reciente. Habrá escuchado el caso de la estudiante que fue asesinada por el profesor ecuatoriano.

–Ah sí, un acto abominable... Sabía que el nombre lo había escuchado. Con lo de mi esposa, no he estado muy pendiente de los acontecimientos. El editor me instó a acabar la novela para poder seguir adelante.

–Sí, son cosas dolorosas... Lamento mucho lo de su esposa. Es una pena que ella no haya podido ver este triunfo suyo.

Se irguió en puntas, me estampó un beso en la mejilla y continuó:

— Estoy segura de que nos volveremos a ver.

Me dio la espalda y se retiró. Uno de los que organizó la presentación me llamó al podio. Me comenzó a doler la cabeza y olvidé el chiste con que empezaría la charla.

Me volteé y miré hacia la puerta de entrada. Allí estaba Estefanía esperando eso mismo: que me volteara a mirarla. Me sostuvo la vista por unos segundos, dio la espalda y se marchó.

VI

Estaba sorprendido con todo lo escrito por esta muchacha. Me maravillaba mientras navegaba por la computadora portátil de Émily. Era tan talentosa, no entiendo qué necesidad tenía de acostarse conmigo y con otros miembros de la facultad. Es posible que encantados por las artes amatorias de la joven, exquisitas por cierto, nunca le hicimos saber lo buena escritora que era.

Pensé en guardar todo en una memoria externa y reiniciar la computadora para dejarla como si nunca se hubiera usado. Tenía la mesa llena: una caja con varios ejemplares de mi novela… me siento tan raro cuando la llamo mi novela. Unos documentos del banco y documentos legales relacionados con los derechos por la venta de libros de Rebeca. Es sorprendente lo mucho que se venden estas porquerías que escribía mi esposa… Perdón, la difunta.

En el periódico de hoy, hay dos reseñas de mi novela, el anuncio de la presentación en la librería Papel y Tinta y la portada… "Encuentran causa para juicio en el caso de la estudiante universitaria". Aparece la foto del profesor ecuatoriano.

—Te salió caro ese culito —le dije a su foto y luego no pude evitar una carcajada.

V

Pude ver las piernas de Rebeca que sobresalían del baño de la casa de Delia. Uno de los invitados, que fue policía, gritaba que todos salieran. Era necesario mantener la escena intacta.

Mi actuación fue tan convincente que Delia se quedó toda la noche junto a mí, hasta después de que se llevaron el cadáver. En su momento todos me dieron mensajes de aliento y fortaleza.

"Todo va muy bien", pensé.

IV

Los astros me sonríen. Fue lo que me vino a la mente cuando me percato de que los de la barriada habían prendido fuego a la basura. Tienen una pelea con el alcalde por la deficiencia en el recogido de desperdicios y protestan quemándolos. Debo aprovechar antes de que llamen a los bomberos. Eché la ropa que usé cuando entré al apartamento de Émily, las llaves, todos los documentos que encontré de las clases, el resto del polvo que le puse en el vino a Rebeca (que espero haya funcionado), los guantes y demás pormenores. Si hubiese planificado todos estos detalles así de bien, seguramente no se me hubieran dado.

III

—Te ves hermosa aun así —le dije sabiendo que no escucharía ni respondería.

Tenía que admitir que era hermosa y en la posición en que estaba ahora era toda tan... especial. Las piernas formando el número cuatro, mientras el torso en la cama revelaba el cuerpo casi desnudo con una batita de dormir. No entiendo por qué a las jóvenes les ha dado con depilarse el pubis. El contraste de la mancha en una piel tan clara lo haría más atractivo. Los pechos pequeños con pezones color marrón claro, el cuello hermoso… Claro, ahora el nudo que le hice con el cable, hace que el rostro comience a verse morado. Pero aun así, esos hermosos ojos como pepas de tamarindo, darán de qué hablar al forense.

—Que te hayas burlado de mi flácida hombría la última vez que lo hicimos es tolerable, que te hayas aparecido en la oficina de la facultad con el ecuatoriano pendejo ese, no te lo consiento.

En ese momento recordé que tenía en el bolsillo la yunta de la camisa del ecuatoriano que encontré en el baño de la facultad. Se lo rocé por el cuello y lo dejé caer bajo la cama. Empaqué la computadora portátil y le tiré un beso. Esperé un rato como si fuera a responderme y no pude evitar una carcajada.

II

—Noté que has empacado, ¿te vas con ella? —me preguntó Rebeca con enojo después de un largo sorbo del vino. Estábamos en la acera en ruta a la casa de Delia. La vecina que ofrecía una fiestecita. Estábamos ahí con la botella de vino en mano, las dos copas y haciendo paradas como las que se hacen en las estaciones de Semana Santa.

Observé todos sus gestos, no sabía en qué momento haría efecto el veneno.

—No, le llevaré las cosas que le corresponden y le diré que todo acabó —no hizo comentario y proseguí— empaqué por si cuando habláramos del asunto decidías que no me quieres en la casa.

Rebeca lloró. Me dijo lo que duele sufrir la infidelidad, de todo lo que sabía de mis encuentros con las otras profesoras y empleadas en la facultad.

Le dije que sabía que la infidelidad no era un asunto de cantidad, pero como cuestión de precisión, eliminara a tres o cuatro de la lista que había hecho. Me preocupaba que tardáramos tanto en llegar a la casa de Delia y que no me pudiese ir a hacer lo otro. Si Rebeca se desplomaba allí mismo, no podría completar mi agenda.

Nos recibió Delia. Rebeca y yo fingimos que todo estaba bien. Invité a Delia a que bebiera del vino. Mientras más personas probaran de ese restante inofensivo... mejor. Me despedí de Rebeca con un rostro que ya había ensayado frente al espejo.

–Ya sabes... no importa lo que hagas, no hay garantías –me dijo con la garganta obstruida.

Salí pensando todo el tiempo en que ya no había marcha atrás. Rebeca estaba encaminada, veremos cómo me iría con Émily.

I

Le devolví el manuscrito y no pude decir otra cosa que:

–Está espectacular, te felicito.

Me confesó que nadie lo había leído y que había aprovechado el periodo desde que no dormimos juntos para terminarla. Recordé el tiempo cuando Rebeca no sabía la diferencia entre una esdrújula y una aguda. Es sorprendente de cómo nos hicimos pudientes gracias a las ventas de las porquerías que escribía Rebeca. Libros de motivación, recetas de cocina y jardinería, hasta un libro de cómo hablarle a su mascota se convirtió en éxito de ventas.

Todo cambió desde el día en que me sorprendió mientras Émily, mi estudiante, me cabalgaba en la oficina. Desde ese día me sacó del cuarto y me ha estado dando cátedra de lo que es convivir con el enemigo.

Ahora a Rebeca le ha dado por escribir ficción y ese manuscrito de novela, es algo único. Me duele que, siendo yo el literato, solo haya publicado una novela y un librito de cuentos. Rebeca, a manera de desquite, se burló diciendo que las únicas ventas de mi libro fueron porque lo asigné en clases y porque la cité a ella en mis talleres de creación literaria. También dijo que era un mal escritor y que si descargaba mi poca creatividad acostándome con jovencitas, que al menos servía para algo.

Tenía la idea de envenenar a un escritor ecuatoriano que estaba saliendo con Émily, la estudiante. Pero después de lo que me dijo Rebeca, le haré unos cambios al plan.

Jazz Furtivo

I

–...De esta forma, poco a poco iremos construyendo un Puerto Rico sin barreras... muchas gracias.

Comenzaron los aplausos, dirigidos a la directora del programa, aplausos que parecían medidos, esos que por alguna razón, acaban al mismo tiempo.

–En este momento –dijo la maestra de ceremonias–, pasemos al otro salón para el almuerzo.

Hubo mucho movimiento, conversación en alta voz, ruidos que la alfombra no pudo absorber. Me puse de pie para estirarme y estar más cómodo por si tenía el placer de que alguien me saludara.

–Estoy aquí, ¿quiere que le traiga alguito de comer?

Me volteé hacia el origen de aquella voz. Esperé a que me confirmaran que la cosa era conmigo, o desistir si alguien respondía.

–¿Habla usted conmigo?

–Sí, quería saber si podía ayudarle –dijo con voz clara, voz que provenía de una dama de más o menos mi estatura–. Hola, mi nombre es Lisy.

Estaba tan cercana, casi invasiva. En otro caso hubiera pensado que era una mujer con algún grado de sordera, pero su voz era muy clara y el timbre era consistente.

–Me gustaría un poco de café –dije correspondiendo a su amabilidad–. Y luego un poco de agua.

Saqué la mano, la subí a la altura de mi barbilla debido a la intimidante proximidad de ella. Quería evitar lo que me había sucedido en otros casos que, por no medir distancias, el roce resultó vergonzoso.

–Carlos Meléndez, para servirle.

Estrechó mi derecha y de inmediato puso la otra sobre el apretón, como legalizando el saludo.

–¿Carlos Meléndez? Como que he escuchado ese nombre antes.

Sin preguntarme si quería pasar al área del comedor, dijo:

–Bueno, ciego adiestrado, meta su silla, saque su compañero inseparable y aquí me tiene.

Metí la silla, saqué el bastón de mi bulto, encontré el antebrazo en un solo movimiento y nos pusimos en marcha.

El manejo de pasar en lugares estrechos, informarme sobre objetos, la coreografía de cambiar de lado cuando la cantidad de personas lo justificaba, me convenció de que era experta en movilidad. Posiblemente era maestra de educación especial o consejera en rehabilitación.

–Me imagino que te gusta el café bien fuerte y el agua a temperatura ambiente –dijo convencida.

–Sí, así mismo –contesté, entre sorprendido y nervioso.

Debo haber dado esos detalles en algún otro lugar y ella los escuchó. Regresamos a la mesa, luego de acomodarme y de decir al resto de las personas los comentarios mandatorios de etiqueta.

–Estoy a cuatro sillas a tu izquierda –me susurró, puso su mano derecha sobre mi hombro y me dijo al oído–, si necesitas cualquier cosa, llámame como si fuera tu mujer.

Suerte que las gafas, que las uso para evitar la incomodidad que me causa la luz intensa, me esconden las expresiones de los ojos. Pude decir con risa nerviosa, y luego de aclarar la garganta:

–Muchas gracias, lo tendré en cuenta.

Eso último que me dijo, no me cuadró.

Terminado el almuerzo, se reanudaron las presentaciones y las intervenciones de poco humor de la maestra de ceremonias. El público era tan decente y actuaba tan bien, que llegué a pensar que era una versión de *Stand up Comedy* para personas con impedimentos.

Escuchamos a todos los ponentes y presentadores. Tuve la decencia de bostezar por lo bajo, pero hubo quien no reparó en hacerlo en altos decibeles y hasta su sección de ronquidos, a alguien a mi derecha, le escuché.

—Lisy aquí contigo —dijo poniéndome esta vez ambas manos sobre los hombros.

Cerca, pero muy cerca al oído me preguntó:

—¿Cómo piensas llegar a tu casa?

—Me comunico con mi sobrino o espero la reservación que tengo con "Llame y viaje".

—Yo estaría encantada de llevarte a tu casa.

—¿Usted sabe dónde vivo?

—No, pero es en el área metropolitana.

—¿Cómo lo sabe?

—"Llame y Viaje", solo pasa cerca de las paradas que cubre la Autoridad.

Sonreí al escuchar ese triunfo de agilidad mental.

—Con lo agradable que es usted, si estoy en ruta, ¿por qué no? —dije poniéndome de pie.

—¿Agradable yo? —dijo con acento juguetón, y creo que imitando a alguien de la farándula a quien no pude identificar.

—Déjame hablar con Suárez —dijo con entusiasmo— y enseguida nos vamos.

Había puesto su mano derecha a la altura del nudo de mi corbata, después de un momento la retiró. Luego puso la izquierda a la altura de mi axila derecha y dijo:

—Espérate, que tienes algo aquí.

Sentí que una servilleta de tela mojada se me posaba en la comisura izquierda de la boca.

Nervioso dije:

–Esto de ser ciego y usar lápiz labial es un problema.

–No te preocupes, te voy a enseñar cómo sacarte el exceso con una servilleta... aunque con otra boca es más pro ambiente.

Mi sonrisa golpeó la servilleta. Se volteó, todavía manteniendo la proximidad, echó hacia atrás las únicas pulgadas que nos separaban y en un comprometedor contacto de mi barbilla y su hombro derecho. Echó su cabeza atrás y murmuró:

–Suárez es mi jefa y está eufórica. Fastidia cuando la cosa sale mal y cuando sale todo bien... hoy parece que salió todo bien.

Se marchó. Me senté a pensar en nada que no fuera la misma pregunta: ¿quién es Lisy?

II

Camino al estacionamiento de ese hotel en Isla Verde, nos detuvimos en varias ocasiones a despedirnos de personas y Lisy tuvo el gusto de presentarme como "Esta chulería de hombre..."

–El estacionamiento está un poco lejos, te dejo aquí esperando, vengo enseguida –dijo y añadió–. Si viene una atrevida a ofrecerte pon, dile que tienes ya, o por lo menos dame la oportunidad de mejorarle la oferta.

–No se preocupe, lo nuestro ya es compromiso –dije correspondiendo al juego.

–Si no tuvieras ese cuello de camisa con corbata y todo, te haría una marca con los dientes.

Giró y siguió su paso firme, con aquellos tacos que sonaban a mujer decidida, a esas que saben lo que quieren.

En el auto, hablamos sobre mi interés en la conferencia, sobre las personas que conocíamos en los distintos centros de Vida Independiente, del calor, de la lluvia e irremediablemente de la congestión vehicular. Hasta me comentó que estaba mucho más preparada que su jefa, y que había solicitado por mucho tiempo varios puestos en la Organización sin éxito alguno.

De pronto, la conversación se volvió más personal: de cómo quedé ciego, dónde me adiestré, diabetes, alimentación, oftalmología. Era tan agradable, tan inteligente, graciosa y cómica que me abrí a responder sin problema alguno.

Como traído por los pelos, preguntó:

—¿Carlos Meléndez? Así es que te llamas, me dijiste.

—Es Juan Carlos, Carlos se llamaba mi papá y como es tradición, mi hermano también.

—Se llamaba, o sea, que ya murió.

—Hace mucho tiempo. No lo conocí.

—¿Abandonó a tu mamá?

—No, no, él murió cuando ella estaba encinta conmigo adentro.

—*Wow*, qué cosa más terrible. ¿Cuántos son ustedes?

—Ahora somos cuatro, dos y dos.

—¿De dónde era tu papá?

—La familia de él era de Caimito.

—Ah sí, Caimito. Sé dónde es, ¿cómo le decían a tu papá? ¿Tenía algún apodo?

—Creo que le decían Carli.

Después de un largo silencio, siguió:

—¿Tienes mucha familia en Caimito?

—Debo tener, quien la conoce bien es mi hermana mayor.

Esta vez, en una detenida por tapón o semáforo, se inclinó hacia mi lado y abrió la guantera. Sacó una

105

carpeta que puso en mi falda y me pidió que la abriera, contenía discos compactos de jazz.

–¿A ti te gusta el jazz, verdad?

–Sí, mucho.

Abrí la carpeta, y de inmediato dijo:

–Pasa las páginas, te digo cuando encuentres lo que quiero que escuches. No... la próxima...

Hablaba y hacía pausas, me imagino que por fijar la vista en la carretera y por estudiar las páginas de la carpeta, que son de esas que se guardan dos discos compactos en bolsillos de plástico.

–Esa misma, dame el de abajo –me dijo. De inmediato saqué el CD requerido.

–Este es de trompetistas. ¿Cuál es tu trompetista favorito?

–Tengo varios, melódicos algunos más agresivos otros.

–A mí me pasa lo mismo. Me gusta, por ejemplo, lo suave de Charlie Sepúlveda y lo agresivo de Piro Rodríguez. Muchas cosas me gustan así, suaves al principio y luego que me desbaraten el tímpano.

Esto lo dijo con un gusto que mantuvo un "hmm, hmm" que parecía estar excitándose.

–A veces pongo a Miles Davis, a un buen saxo, Coltrane o a Gato. Como vivo sola, a veces me empiezo a jugar y termino exhausta... si sabes de lo que hablo.

Después de una pausa, incliné mi cabeza buscando donde meterla, luego giré la cabeza hacia la ventana.

–¿Que qué? –dijo con risa maliciosa–. ¡Ay, ay! –Prosiguió, haciendo un sonido con la garganta como si se hubiese quedado sin aire– no me digas que te ababachaste, no lo puedo creer.

Después de un pequeño silencio y bajando un poco el volumen de la radio, preguntó:

–¿Eres casado, verdad?

–Lo fui.

Otra pausa y preguntó, con aire oficial:

–¿Te intimido?

Tragué saliva, de tal forma que se debe haber notado si en ese momento quitó la vista de la carretera y se concentró en mi contestación.

–La pausa cuenta como respuesta.

–Bueno sí, me intimidas un poco... no estoy acostumbrado a una persona tan directa.

–Soy así, lo admito, pero solo cuando me gusta un hombre y eso no pasa hace mucho tiempo.

Volví a girar la cabeza hacia la ventana. Ella lo notó y dijo como si hablara con otra persona en el auto:

–Otra vez está tratando de mirar hacia afuera. En esa dirección lo que hay es la chatarra de la Guardia Nacional, al fondo está el caserío Nemesio Canales, y a él se le olvida que es ciego.

Tras un pequeño silencio, explotamos ambos con una risa sin control.

–¿Usted me conoce de algún lugar? –pregunté

–No –Contestó de inmediato como si esperara la pregunta.

–Me habla como si me conociera, como si tuviera mucha información de mí. De la escuela o de algún grupo.

–De la escuela lo dudo, porque soy mucho mayor que tú.

–¿Está segura?

–Sí, tú tienes que tener unos 44 a 46; yo pasé de los 50.

Esa información la pudo haber obtenido de algún formulario que llené en Rehabilitación Vocacional o en algún otro programa. Lo próximo que dijo, sí que fastidió el hilo lógico de las cosas.

–Quién sabe si estuvimos juntos en algún lugar y tú no podías hablar.

Pensé en preguntar, pero me dije que si le doy color a todo lo que dice, sería indicio de que estoy nervioso y que no lo estoy disfrutando. Además, si pregunto mucho y la pongo sobre aviso, no me dará la información que pueda esclarecer esta cosa que aún no entiendo.

¿Qué habrá querido decir con eso de "quién sabe si estábamos bien cerca pero tú no podías hablar"? ¿Fuimos algo, y no podía hablar porque estaba yo acompañado en ese momento? Puedo recordar personas de mi escuela primaria: maestros, estudiantes, los directores, empleadas del comedor, conserjes, a todo, todo el mundo. Una mujer con la mente de cuchilla, brillante, con un impecable sentido del humor, con pasión por el ritmo, nunca la hubiese olvidado. A menos, que fuese callada, reservada y que se soltó de adulta.

"No podías hablar", "no podías hablar", la expresión me daba golpes en la cabeza.

De pronto, noté un giro a la derecha y pregunté si ya estábamos en la avenida Roosevelt.

—Sí, me dijiste que vivías por la Central, así que en la Andalucía doblo a la izquierda y en la intersección me dices.

La música se tornó a cuartetos y escuchábamos una bella melodía al piano.

—¿Juan Carlos? –preguntó sin más.

—Dígame.

—¿Juan Carlos?

—Sí dígame, estoy aquí, no me he ido.

Luego de una pausa preguntó:

—¿Te espera alguien en la casa?

—No, nadie… mi hermana sale a las cuatro y media, pero hoy viernes terminará dándose las frías en un local por ahí en Guaynabo.

En un momento pensé en preguntar el porqué de la pregunta, pero sabía que por ahí venía algo.

—¿Quieres… quieres venir a mi casa?

—Claro, ¿por qué no? –dije pronto sin mostrar desespero y recordando que una pausa larga se hubiese interpretado como respuesta negativa.

A ese intercambio le siguió un silencio. Silencio oportuno para apreciar la forma virtuosa de tocar el piano; pero muy extraño, para dos que no habían parado de hablar desde que salimos de Isla Verde hace ya casi hora y media. Menos mal que teníamos la música.

—¿Doc Taylor? –pregunté, a manera de romper el hielo.

—No, ese es Monk –contestó ella, volviendo a su encierro de los últimos cinco minutos.

—¿Qué te pasa? –pregunté, a la vez que me daba cuenta de que era la primera vez que la tuteaba.

—Nada nada, estoy bien, un poco pensativa.

—¿Es la música, o soy yo?

—Ambos –dijo con una risita nerviosa, la que recibí con mucho agrado. Un leve sonido de su garganta y otro más pequeño de su nariz me pusieron a pensar, por un momento, que lloraba.

—¿Qué crees de mí? –preguntó, y sin darme la oportunidad de contestar, prosiguió–. Debes estar pensando: esta es una putita que se lleva a los participantes de los programas, para hacer fresquerías y ser la más querida entre las consejeras.

—No, nada de eso –respondí–. Primero, no usaría ese adjetivo. Lo que me pregunto es: ¿por qué yo? Eres una mujer encantadora, inteligente y he notado que en lo tuyo, eres toda una profesional con un exquisito sentido del humor. No creo que tengas dificultad en encontrar un buen marchante. Claro está, no estoy insinuando que le hago las vacaciones al cuco, pero no recuerdo la última vez que los paparazzi me confundieron con un galán de telenovelas. En tan poco tiempo dices que te gusté, sin embargo, hemos hablado muy poco de ese asunto allá en el hotel. Tampoco te he mostrado mis mejores trucos…

rodar, hacerme el muerto, quedarme quieto, brincar y agarrar *frisbees*.

Rio a carcajadas de esto último.

–Desde mucho antes de la mesa, ya te había echado el ojo y te había escuchado. Fíjate, –continuó–, cuando te dejaron en el *lobby*, estaba de arriba abajo buscando gente y trabajando en las personas que no habían llegado. Como no conozco a la mayoría, y tú, tan bien vestido, llegaste con la prieta...

–Mi hermana –dije interrumpiéndola.

–Me percaté –continuó–, de que estabas adiestrado y pensé que eras uno de los presentadores. Pasé cerca de ti, te oí tarareando a Dizzy. Creo que era *Night in Tunisia*...

Empecé a tararearla para hacerle saber que reconocía su acierto.

–Entonces –siguió con tono suave y como inspirada, parecía que iba a interpretar un poco de *feelin'*–, en un momento te paraste de aquella butaca, me imagino que para estirarte. Con el bastón abierto te vi acomodar tus manos arriba y abajo como si fuera un pequeño contrabajo... algo así como Eddie Gómez, hasta zapatear con el pie derecho.

Me puse la mano derecha en la frente y mostré la más amplia de mis sonrisas.

–Luego –siguió ella muy articulada y elocuente–, estabas tarareando a Mangione, en esa tonada.

Comenzó a tararearla desde el principio y me le uní en un juego en que yo lo hacía en *Flugelhorn* y ella en una flauta traversa. Cuando acabamos le hice saber que era *Feel so good* y comentó:

–Como me siento ahora, pero la razón real para buscarte fue...

En ese momento hice un llamado a mi interior a que todos mis sentidos restantes se mantuvieran alerta, como si además de la audición, se podía hacer más. Esperé esas palabras con el interés de quien escucha a Mrs. Marple o a Hercule Poirot cuando revelan quién era el asesino en alguna novela de Agatha Christie.

–La razón real es que estás bien acicalado, bien vestido y eres de mi coló –esto lo dijo imitando la voz de Mona Marti en aquella novela–. Además, eres ciego y yo soy feísima, lo que nos convierte en la pareja perfecta.

Luego de unas risas y comentarios le pedí que me describiera qué tan fea era.

–Cuando era chiquita, mi mamá me amarraba pedazos de chuletas al cuello para que Totó, mi perro, se decidiera a jugar conmigo.

–Entonces, debes ser tan fea como mis hermanas.

–Si es verdad que tus hermanas son feas, entonces, debo ser tan fea como ellas.

–Eso es muy conveniente –dije tratando de alargar el chiste–, en el hotel todo el mundo pensó que éramos hermanos… Podemos fugarnos sin sospecha.

Regresó el silencio, que coincidió otra vez con un piano bien ejecutado.

–¿Bill Evans? –pregunté.

–El mismito –me contestó con algo de tristeza.

Parece ser que los pianos le traen nostalgia.

–Es importante –dijo con voz firme–, que una persona como tú pueda ver en mí lo que a los demás no le ha interesado.

Luego de un tiempo, le dije en voz baja, esa que he escuchado le llaman de ternura:

–Aunque no lo creas, estoy impresionado a primera vista… La vamos a pasar muy bien.

De inmediato, puso la mano derecha sobre mi izquierda, la que tenía marcando el ritmo de la música sobre el muslo. Puse la mano derecha sobre la de ella haciendo un emparedado de manos. Ella apretaba la mano con mucha fuerza. Su mano estaba sudada, no sé si

111

por nerviosismo o como resultado de tenerlas en el volante por tanto tiempo. El apretón era desproporcionado y dejaba ver que mis palabras calaron, que encendieron una bombilla de alguna esperanza. Era como si ella saltara de un edificio en llamas y abajo estaba yo como bombero héroe esperándola para mantenerla en el mundo de los vivos. Lo que no me explicaba en esa visión era cómo se inició ese fuego. Mucho menos, a pesar de su explicación, por qué era yo el bombero.

Parece que notó que abrí la boca en dos ocasiones para no decir nada y dijo:

—Si quieres decirme o preguntarme cualquier cosa, lo puedes hacer.

—Eso de que te tocas... escuchando música y la... excitación... ¿estabas hablando en serio?

—Claro que sí, mi vida. ¿Quieres escuchar cómo empezó todo?

—Cómo no, soy todo oídos... ese cliché lo debe haber acuñado una persona ciega.

Después de unas risas, comenzó:

—Estuve en Nueva York en un club nocturno en el Bajo Manhattan donde se interpretaba jazz. Cerca de mi mesa estaba sentada una doña cincuentona quien, durante la ejecución de los músicos, cuando generalmente se guarda silencio y se aplaude al final de cada solo, se mantuvo haciendo ruidos. Me interesé por un hombre mayor que me había enviado un trago a la mesa y creí que se sentaría a la mía. Cuando finalizó el set, todavía el hombre no había venido a presentarse. Fui al baño y me topé con una larga fila. Me indicaron que había otro al fondo del pasillo bastante alejado. Estaba completamente vacío. Después de acabar lo mío, pasé a lavarme las manos y nada de retocarme, pues no uso maquillaje. Llegó la dama de los ruidos y me observó de arriba a abajo. Era una mujer blanca y pensé que el examen se debía a la ofensa que le representaría mi negrura en el

caso de que ella padeciera de esa vergonzosa enfermedad. Luego, pensé que le atraían las mujeres y que me
haría alguna proposición.

"Lo próximo me dio miedo, pues ella se inclinó
para examinar cada uno de los cubículos, como para
asegurarse de que no había nadie más. Eché mano del
tubo de *pepper spray* que llevo en la cartera, por si aca-
so. Ella se acomodó en uno de los cubículos y cerró la
puerta. Me hizo gracia que el secreto era para hacer una
necesidad lo más privada posible.

—¿Eso era? —pregunté.

—Espérate, aún no acabo... De pronto, escuché
unos ruidos de respiración y llegué a pensar que estaba
inhalando cocaína o algo así. Luego, los sonidos fueron
jadeos y saliva entre dientes... sonidos decadentes... no
había duda de que se masturbaba.

—¿Sin encomendarse a nadie?

—Sin encomendarse a nadie. Me alejé un poco
para ver por debajo de la puerta de aquel cubículo. La
dama había separado las piernas de tal forma que tenía
los pies invadiendo el espacio del cubículo de cada lado.
El panti estaba adornando el tobillo derecho y uno de los
zapatos se le había salido. La música que salía de su
boca, subía de volumen y el ritmo en todo el cuerpo se
hacía caótico. Cuando llegaron los signos del irremedia-
ble desenlace me acerqué a la salida. No quería que alguien llegara y me relacionara con aquella escena, tampoco que la dama saliera y se enterara que todavía estaba
yo allí. Salí y me dirigí a la barra. Allí estaba el hombre
que me había enviado un trago a la mesa. Era de origen
griego y se comportó como todo un caballero. Hizo én-
fasis en que se iba, pues la esposa lo esperaba y me preguntó si vendría la próxima noche. No le aseguré nada y
a pesar de lo que algunas personas puedan pensar de los
infieles, aquel era todo un caballero. Además, aumentó
mi autoestima... que alguien se fijara en mí.

"Llegó la mujer desde el baño y se sentó en el *stool* a mi lado. Intenté, con mi limitado inglés, comentar sobre la ejecutoria de los músicos, pero ella me cortó para hablar sobre el incidente del baño. Me dijo que la perdonara, pero que llevaba unos años haciendo eso. Me hice la desentendida, pero al cabo de un tiempo escuchándola no pude seguir el ensayo de inocencia, pues todo el tiempo supo que yo estaba allí, hasta el final. Le dije que eso no era nada, que a veces, las personas se excitan y no se pueden contener y que el masturbarse era saludable.

"Ella me preguntó que si yo lo hacía. Por supuesto, le dije... la mayoría de la gente lo hace. Pero se refería a hacerlo con y por el jazz. Le dije que no entendía lo que quería decir.

"Se soltó a hablar y me planteó una teoría de lo más interesante. Dijo que el jazz es la forma de usar el ritmo, junto a un instrumento o la voz, para hacerle el amor a alguien. Es un estímulo permanente de erotismo y sensualidad. Hay teorías, continuó diciendo, de que la palabra jazz se usaba en Nueva Orleans por inmigrantes haitianos para designar el coito. La palabra, según esta teoría, viene del sonido que hacen los amantes en la aproximación del orgasmo.

"Me dijo que ha ido a lugares en donde ha acabado en la mesa donde está sentada, sin tocarse. Que la mayoría de las veces aprovecha el intermedio para relajarse un poco. Hasta me dijo que sus amantes favoritos eran Coltrane, Clifford Brown y Miles. Nunca olvidaré aquel *Try it* con el que se despidió... me convidó a que lo intentara."

Después del relato, me moví en el asiento y con el pulgar y el índice me halé el pantalón por el área del muslo.

—Qué interesante, ahora no cabes en el pantalón— dijo y rio con malicia.

–Bueno, solo me estoy acomodando –dije un poco avergonzado de que se me notara la excitación por encima del pantalón.

–La historia es interesante, ¿verdad?

–Sí, así es –dije y volví a acomodarme el pantalón, esta vez sin tanto disimulo.

–No te sientas mal. En mi campo algún psicólogo me hubiera preguntado por qué me quedé todo el tiempo en aquel baño. Pensé en la posibilidad de que me llamara la atención una mujer en plena exploración. Además, agradezco lo que has hecho.

–¿Qué hice?

–Con esa alteración a la topografía del pantalón me has dicho que tu circulación está muy bien, que el proceso de escuchar, crear imágenes y comunicarte con el resto de tu cuerpo… está intacto.

–Bueno –dije todavía algo avergonzado–, es que de la forma en que lo cuentas…

–¿Sabes qué? –preguntó en voz baja.

–No, no sé, dime.

–Aprendí a escuchar lo que Bill Evans o Miles Davis me quieren hacer cuando ejecutan en el instrumento… me masturbo con el ritmo.

–Me imagino que te relajas con el ritmo y luego invocas experiencias o fantasías sexuales y terminas.

–No, no hay más estímulo que la música, lo deberías tratar.

–No me imagino pensar que Tania María, Brenda Hopkins, Rebecca Mauleón o Amuni Nasser me encuentran **88** zonas erógenas y me toquetean todo.

–¡No! –exclamó en medio de una risa–. Ellas te están haciendo eso mientras ejecutan el piano… el coqueteo y la oferta son constantes. Esas pianistas que mencionas te seducen con su música, no con su físico. Cuando domines esto, te sentirás bien chévere, aunque nunca hayas visto a la persona quien toca y no te vendrán imágenes de nada que no sea tu exploración en el momento. No creo que se pueda ser buen músico de jazz si esa no es la oferta.

–Veré que puedo hacer para aprender eso que me explicas.

–Negro, estás con la persona indicada. Si te excitaste solo con la voz... no tienes idea de lo que te espera.

–Si bajas la velocidad, me arriesgaré a tirarme del auto –dije y explotamos en risas.

III

El sentido de orientación me decía que íbamos en dirección a Bayamón, por el evidente peaje de Buchanan y luego la salida a la derecha que me decía que estábamos en el área de Río Hondo.

–¿Dónde estamos? –pregunté.

–Estamos en el *Shopping* de Río Hondo, vamos hacia Levittown, pero antes voy a parar por aquí en la farmacia.

Ya en el estacionamiento, preguntó:

–¿Necesitas algo de aquí?

–No, creo que no –dije mientras escuchaba su risa maliciosa–. Bueno –corregí –, este... la parafernalia que se usa en estos casos: una pinta de mantecado para ti y una bolsa de maní y almendras para mí.

–Haré lo correcto en estos casos –me dijo, dejando el tiempo necesario para que le preguntara.

–¿Qué es lo correcto?

–Preguntarle al farmacéutico.

Cerró la puerta. En la espera, recordé llamar a mi hermana Rosa. Le comenté que estaba todo bien, que llegaría tarde y que apagaría el celular. También aproveché para llamar a mi sobrino Edward para pedirle de favor que me escaneara unas lecturas, pero no lo conseguí.

116

Lisy regresó con un bolso y lo puso en el asiento de atrás. Parece que me vio usando el móvil y preguntó:

—¿Está todo bien?

—Sí, hablé con mi hermana, quien iba en ruta al pub.

—Qué bueno, espero que se divierta mucho.

—No tanto como nosotros —dije imitando un poco la picardía aprendida en las últimas dos horas.

—Así se habla, hombre mío —dijo poniendo otra vez la mano sobre la mía y reanudamos el viaje.

Nos detuvimos en un área que se sentía residencial: sin tráfico, con reductores de velocidad y silenciosa.

—Llegamos a nuestra cabaña. Espero que después de hoy, estas paredes se mantengan discretas —dijo y abrió la puerta.

Me contorsioné en el asiento para deshacerme de la chaqueta, la corbata y soltarme dos botones del cuello y uno de los puños. Todavía en el auto, me tomó segundos el pensar en el compromiso y me dije: "Juan Carlos, todavía estás a tiempo para salirte de esto. Recuerda el dicho: «no es lo mismo desear una diabla que llegar a su cabaña». Me bajé, seguí el contorno del auto por el frente y la encontré al otro extremo. Me llevó a una pequeña subida que al final tenía dos escalones, la loza de espera y la puerta.

La casa se sentía fresca. A pesar de que imaginé que tuvo las ventanas cerradas todo el día. Las casas de la mayoría de las urbanizaciones tienen techos de ocho pies de alto y están rodeadas de pocos árboles. Son calurosas… hornos. Esta vivienda era distinta.

—Paredes, piso, techo, muebles, utensilios: al fin hay un hombre en la casa —dijo casi gritando.

Me tomó del brazo para dirigirme a lo que imagino era el sofá o el *love seat*.

Ya sentado, sentí sus manos en mis muslos, como la que agarra las barras paralelas de los gimnastas.

117

Escuché el tumbarse de sus rodillas, y después de recostar su cabeza en mi abdomen, dijo:

—Que contenta estoy de que estés aquí. Se echó hacia atrás y apoyándose en mis muslos de la misma forma que llegó, se incorporó de un golpe y con gracia casi cantó:

—¿Te sirvo un vinito tinto? Te gusta el vino, ¿verdad?

—Sí, como no —dije, esta vez sin invocar la paranoia de preguntarme cómo sabía eso.

Se retiró, en unos segundos escuché el rozar de plásticos y pasta, consistentes con los cartuchos de discos compactos. De pronto un "clic" y una voz de locutor con mucha definición que puedo decir era de radio en FM. Luego se fue la voz por unos segundos y comenzó la música de jazz, esta vez en la modalidad latina.

—Ahí te tengo a Turin, Chocolate, Chapotín y a Vitín Paz.

Dio unos pasos y luego de varios ruidos que no pude precisar, escuché el descorche de una botella y en unos segundos el buqué llegó a mí. El no haberlo vertido de inmediato me decía que conocía algo de vinos.

Volvió a mí y tomándome de la mano, dijo:

—En lo que está el vino, quiero mostrarte la casa.

Me tomó de la mano y de inmediato recobramos la posición de movilidad. Describió el área, otra salita, habitaciones. Hice varias preguntas de rigor, relacionadas con si el sector era tranquilo, cuánto tiempo llevaba viviendo en la casa, si los vecinos eran averiguaos. Todas estas preguntas las hice tratando de esconder mi nerviosismo. Nerviosismo que ella debe haber notado, cuando me dijo:

—Suéltate, todo va a estar bien. Yo, como siempre, te voy a cuidar.

–Okey… haz lo que tú quieras, yo seré tu esclavo… –le canté haciendo una mala imitación de Carmen Delia Dipiní.

–Gocémonos, sí. –dijo con voz firme mientras pasaba la mano por mi nuca.

Llegamos a su habitación. Me llevó justo a la cama. Golpeé la cama con mis rodillas, y después de unos segundos dijo:

–Cama, este es Juan Carlos. Juan Carlos, esta es mi cama. Espero que ahorita tengamos un *threesome*.

Salimos y nos dirigimos a la sala.

–Ahora, te sirvo tu copa.

Me trajo la copa, me describió dónde estaba sentado, la proximidad de una mesita al lado del *love seat*, donde podía poner mi copa con la servilleta.

–Papi –me dijo acercando tanto su rostro al mío, que pensé que me besaría–, me voy a poner más cómoda, luego vengo a acompañarte con el vino.

Me explicó que no debíamos bañarnos juntos, porque la bañera era estrecha y no tenía pasamanos.

Se retiró, y la esperé escuchando a los trompetistas que hacían gala de su reputación.

Volví a pensar en el tiempo que llevaba sin este tipo de intimidad, y en uno de los bárbaros consejos de mi hermano: es mejor no hacer nada, que hacer el ridículo.

Me deleitaba con Víctor Paz y Arturo Sandoval, cuando escuché los pasos aproximarse de mi candidata a amante. Esta vez sonaba a que llevaba zapatos livianos, y la fragancia que habría usado al bañarse me llegó mucho antes que ella.

–Qué bueno que no tomaste las llaves y te fuiste –dijo y se sentó a mi lado.

Puso la mano izquierda en mi muslo.

–Mmm, ñomi, ñomi… qué rico hueles –dije y luego continué haciendo ruidos con la garganta.

Me pellizcó el lóbulo de la oreja, luego pasó el envés de la mano cerca de mi nariz, sin perder contacto de la muñeca con mi mejilla.

Tomé su mano con mi izquierda, sujeté su antebrazo con la otra y me entretuve oliendo, besando, mordisqueando y lamiendo su mano.

–Hay toda una mujerona pegada a ese brazo. Quiero que me hagas un estudio con esa boca tan chula, para saber si tengo alguna pulgada en el cuerpo, que no sepa como las otras.

–Tu humor me va a sacar de concentración.

–Está bien… me callo.

Luego de decir esto, me susurró:

–Espera papi, quiero tomarme la copita contigo. ¿Está bien la música?–preguntó.

Me imaginé que caminaba hacia la cocina, pues recordé en ese momento que era un lugar de la casa que no me había mostrado.

Titubeé un poco, puse mi copa en la mesita cercana y me atreví a seguirla.

–Estoy detrás de ti siguiendo tu aroma –dije.

Alcancé a tocar un mostrador. Traté de bordearlo hacia la izquierda, pero encontré una pared. Cambié la dirección y me topé con una silla que debía ser del tipo *stool*. Me imaginé que no debía haber una sola y busqué con una mano el resto de los espaldares. En todo momento, me imaginé que se mantuvo observándome. No hizo comentario alguno ni me proveyó de guías.

Logré acceder al otro lado del mostrador y choqué con ella.

–¿Encontraste lo que buscabas, dulzura?

–Claro que sí –dije buscando su rostro con las manos.

Bajé mis manos a sus hombros, y la abracé. Me correspondió, con el inicial abrazo de enganche. Cuando notó mi disfrute del acto, también me apretó. Sentí su

120

cuello tibio, que contrastaba con los cabellos todavía húmedos del baño. Pude apreciar que tenía puesta una de esas toallas grandes en forma de bata kimono, con cinturón.

—¡Qué rico! Lo necesitaba —dije.

Dando tumbos, menos que los de la ida, pude regresar al asiento. Me senté y no escuché nada por un momento: botellas, copas, nada. De pronto un:

—¡Ay, Chané! —dijo bien por lo bajo y luego un largo suspiro.

Despacio se reunió conmigo en el asiento. Estaba muy silenciosa. Tomé la copa de la mesita con la mano izquierda y la levanté. Ella chocó la de ella con la mía.

—Por el sano disfrute de la sexualidad —dijo.

Repetí aquellas palabras como si fuera parte de un credo aunque nunca había escuchado el singular brindis.

Hablamos, disfrutamos de la música, comparamos versiones de las tonadas escuchadas.

—Déjame cambiar el *CD* —dijo.

Se levantó y puso la copa en alguna mesita al otro extremo del mueble.

Las primeras notas del clarinete de Paquito D'Rivera se escucharon.

—Me gustaría darme un baño, si no es molestia —dije y puse la copa en la mesita.

—Lo dejé todo listo —dijo—. Párate, gira hacia las 3, de frente guíate por la pared izquierda del pasillo, la primera puerta, no... esa es la de las máquinas de lavar y secar; por la segunda de frente. Primero el lavamanos y hacia la izquierda, inodoro y ducha. Hazlo, luego te traigo algo que te puedas poner.

Seguí las instrucciones al pie de la voz. En la tapa, puse mi ropa dobladita. Camisa, pantalón, medias, calzoncillos. Acomodé los zapatos al lado del inodoro. Dejé la puerta abierta para poder escuchar a Lisy.

–Colgando del cuello de la ducha, hay un pequeño canasto con una botella de jabón líquido –gritó desde lejos.

Ya bañado, abrí la cortina para buscar la toalla donde la había dejado. Me sequé en la bañera, busqué sobre la tapa del inodoro la ropa y me encontré con una bata, muy similar a la que ella usaba, de algodón fibroso como las toallas.

Me la puse.

Salí, y busqué de vuelta el mueble en la sala. La música ya no se escuchaba allí. La escuché ahora en dirección al cuarto.

–Hola guapo. Ven aquí, tu amante te espera.

Me moví lentamente, recordé el relativamente largo recorrido de la puerta a la cama.

Tomó mi mano y me indicó, con un delicado tirón, que me sentara a su lado.

–Toma –dijo.

–¿Qué es? –Pregunté y agarré el paquete envuelto en un ajustado plástico, un poco más grande que una cajetilla de cigarrillos, pero mucho más pesada.

–¡Ábrelo!

Necesité ayuda de los dientes para quitarle la envoltura a lo que evidentemente era un perfume. Abrí todo y de inmediato me lo apliqué en la muñeca.

–¡Qué rico huele! –dije.

–Póntelo en el cuello, ahí es donde me gusta hacer la prueba –dijo con mucha picardía.

Hice todo como me indicó. Me trabajó con labios y dientes el cuello, la nuca y fue bajando poco a poco hasta mi pecho. Me tocaba, me apretaba, me acariciaba... todo como si ella también fuese ciega. Mordía todo mientras hacía arrumacos, ruidos gatunos y sus manos sobaban la parte interior de mis muslos, sin prestarle atención a aquello, que como leyenda de mitología griega, se había convertido en piedra.

Correspondí a su acercamiento haciendo un recorrido similar en su fisiología. Cuando me encontré con sus senos los encontré un poco más grandes de lo que me imaginaba. Esperaba los tipo nadadora, gimnasta o maestra de aeróbicos.

En el tope, pude contrastar una pequeña goma pronunciada coronada con una piedrecilla. Influenciado por la descripción que me dio Lisy de ella misma, visualicé la piedra, no como un rubí, no como un cuarzo, más bien como un ónix. Desafiaba la dureza del ónix con los dientes. Bajando y subiendo de loma a valle, de valle a loma, hacía lo propio en cada lado por esa necesidad inexplicable de los humanos de simpatizar con la simetría.

Respiraba con excitación y noté que tenía el diafragma pronunciado, el esternón marcado y el costillar definido. Sí, era una mujer muy delgada, pero sorprendentemente fuerte.

Me entretuve por un tiempo en la sorpresa estética de sus senos que, recordando bien, no me había topado con ese tipo en mi limitado quehacer sexual.

La mordisqueé en el costado, lo que le hizo cosquillas. No hizo comentarios como concentrándose para contenerse la próxima vez.

Llegué a su ombligo, y ya la posición me estaba resultando incómoda, busqué el piso y de inmediato me brindó una almohada para mis rodillas.

De vuelta al ombligo, usé mi lengua, aunque no era profundo. En esa área, fue en el único lugar que la edad que me confesó se podía apreciar. Un poco más abajo, comenzó el camino de vellos en ruta a la arcadia del placer. Media pulgada más abajo, me encontré con el elegante elástico de un panti que al tacto noté que tenía diseños, creo que le llaman encajes a esos.

123

—¿Puedo? —pregunté con los pulgares a ambos extremos del elástico.

—Espera – dijo tumbándose hacia su derecha.

Escuché esta vez a Gato Barbieri, subió el volumen de la música y me acercó una botellita. De inmediato la abrí para que pensara que sabía lo que era. A la verdad, no tenía idea. Pensé que, si ella era lo exquisita como se había mostrado hasta ahora, eso era un aceite para las manos, pues ninguna de "esas partes" se debe tocar con los dedos secos.

Coloqué la botellita en el piso a mi lado. Volví al enganche del panti y, mientras ella se mecía de lado a lado, iba yo moviéndolo pulgada a pulgada de un lado y de otro hasta llegar al área de las rodillas. Dobló las piernas, las trepó a la cama lo que me permitió bajar de rodillas a tobillos la pieza. Se zafó de un pie, y no llegué a saber si cayó del otro. Puse mis manos sobre sus dos rodillas que estaban juntas y se elevaban como torres gemelas.

—Soy toda tuya —susurró y poco a poco las abrió.

El ofrecimiento más íntimo, más femenino, había comenzado. Palpé todo. Me dediqué totalmente a sus muslos. Besé, chupé, amenacé, mordisqueé, me alejé, torturé, me deleité. Me abría paso con un juego de golpear las mejillas levemente con el lado correspondiente del muslo, sufrí lo largo del camino. Sentí el calor que emanaba, que en otros encuentros le había achacado a lo llenita de mi pareja o a la juventud; este no era ese caso. Palpé su área púbica y aprecié su vellosidad silvestre. Debo ser conservador por encontrar esto más sexy que el pubis depilado. Busqué la botellita del aceite y el olor a *cherry*, se ocupó de remover el de ella, ese olor tan inconfundible de la hembra en cruel deseo. Olor que me hizo falta al comienzo, pero sabía que volvería.

—Te presento a la encendida calle antillana —dijo embriagada.

Le pellizqué un muslo para que dejara de bromear.

–Por ella va nariz, lengua, bemba y quijada –rio como borracha y siguió–, entre dos filas de negras...

La volví a pellizcar y se limitó hasta que un ritmo de respiración y gemidos fue sustituyendo su juego. En un momento, se incorporó y quedó sentada. Metió la mano en el poco espacio que quedaba entre mi boca y los muslos y me levantó la barbilla. Subí los ojos hacia ella como si pudiera ver. Me temía un señalamiento de algo que debía hacer de una forma distinta, pero no me imaginé lo que me pediría.

–Debes seguir el ritmo.

–¿Qué ritmo?

–El de la música.

–Si me concentro en la música, no podré concentrarme en lo que hago.

–Estás haciendo una sola cosa... dando un solo en un instrumento musical. Ven yo te ayudo.

Volví al enganche donde estaba, y ella me trajo al ritmo de la música con las manos en la cabeza. A propósito de un solo de saxofón alto, que podía ser Charlie Parker, detalle que poco me importó en el momento, ella comenzó un movimiento cadencioso de cadera y un vaivén de los muslos que me indicaron el ritmo de bajo y piano.

Ahí, de frente a la boquilla decidí expresarme.

Ella comenzó a respirar hondo y a inhalar a través de los dientes:

–Dale... improvisa –dijo en voz muy baja.

Me grabé el compás de la melodía y acomodé la respuesta de la boca y la lengua al ritmo. Usé los dedos para deshojar partes, dedos que respondían al contrabajo en la pieza. Las respuestas eran cadenciosas. Los gemidos, el decadente silbido que provoca el inhalar mucho aire a través de los dientes ensalivados y exhalar con fuerza, el lenguaje soez, el rítmico movimiento pélvico, el dilatar de los muslos buscando los 180 grados, las manos acariciándome las sienes, la dilatación de los labios desorientados, la pequeña protuberancia de placer empeñado en hincarme la lengua, el logro de convertirlo a piedra, el contorsionar la lengua con empeño sobre el objetivo, el visitar con un dedo la habitación húmeda, el visitar con más inquilinos la habitación encharcada. Sentí golpes de talón en la espalda, habíamos acelerado el compás de la música en cuatro tiempos más, los jadeos ahora se medían en corcheas, se cerraron los muslos, me taparon los oídos, dejé de escuchar el hablar en lenguas, de una mujer poseída. La presión de ambas manos en mi occipital, los fémures como prensa y los espasmos pélvicos me indicaron que era el momento de la última bocanada de aire, ya no había regreso. El primer golpe me estremeció las cervicales, el segundo incluyó un gran golpe de su talón en mi espalda. Luego me quitó presión de los muslos y pude salir a la superficie, lo que escuché a continuación fueron dos gritos, seguidos de un silencio con un zumbido, que si hubiese durado un poquito más, la llamaría muy preocupado por su nombre. Luego un sonido como el que se ahoga con su propia saliva.

Gritaba, emitía un sonido de trombón. Entendí en ese momento que el haber subido el volumen de la música, no era para inspirarse, era para que los vecinos no llamaran al 9–1–1.

De pronto, comenzó a reír como la que se saca el grande de la lotería; como candidata a encierro, con todo y camisa de fuerza, en cuarto mullido. Pasó su pierna izquierda sobre mi cabeza en un movimiento en contra de las manecillas del reloj. Quedé con mi frente chocando contra su nalga izquierda la que mordí juguetón.

–¡Ay, Chané! –gritó.

Le puse la mano en la espalda donde casi se le podía medir el pulso. Me gritó, aún riendo:

—¡Fresco, fresco!

Subí a la cama y me brincó encima, para morderme, hacerme cosquillas, tocarme como si fuera pandero y reía, reía. Se supone que mi ego con reminiscencias machistas se hinchara por la respuesta; lo que me sorprendía era la fuerza de niña traviesa y el gusto que parecía muy genuino. Según mi hermano, las mujeres siempre fingían los orgasmos. Quise pensar que esta vez mi sangre no tenía razón.

Abrió las piernas y se sentó en mi estómago y me cantó. Parece que en ese momento notó que no tenía puestas las gafas oscuras, me pidió que abriera bien los ojos, pero luego no comentó nada. Súbitamente dijo:

—Primero que nada te daré un manicure.

Pensé que alguna astilla de uñas la rasgó cuando usé los dedos en placerlandia. Me examiné la uña de los pulgares con el índice de la correspondiente mano. Luego con el pulgar, examiné el resto de los dedos. Todo estaba bien, no eran necesariamente *lover nails*, pero estaban bien limadas.

—Un manicure —dijo como cantándolo—, que en francés significa curar con la mano. También te daré un "bocacure" y un "linguacure".

Reímos. Ella seguía hablando sin parar y, a veces, cambiando de un tema al otro sin un hilo conductor o lógico en lo que decía. Se bajó de mí, y de inmediato agarró, al que en todo este momento se había mantenido completamente de pie y con el pulso acelerado.

—Deja ver, deja ver cómo brego aquí —dijo con voz de niñita.

—Quiero que sepas —dije con pausa —que hace tiempo no hago esto.

—¿Cuánto tiempo? —preguntó.

—Un montón.

—Dime más o menos desde cuándo —demandó.

Siguió preguntando:

–¿2006? ¿2005?

–Recuerdo que estaba con mi compañera, haciéndolo a lo perrito, para ambos también poder ver el televisor. Creo que era despedida de año y estaban dando la mala noticia de que había un hotel incendiándose en El Condado.

–¡Mentira, mentira! –dijo soltando una gran carcajada.

–Sí, en serio –dije sin poder contener la risa.

–Es mentira, porque en esa época no existía el *doggie style*.

Cuando dejamos de reír, empezó el manicure.

–Sé gentil –le pedí.

–Tengo que ser gentil, no practico el judaísmo. Y observando bien a *Mr. Downtown*, con cuello y corbata, tú tampoco eres judío.

De ahí en adelante no hubo más interrupciones, solo gemidos, lenguaje decadente, gritos, goce. De su parte hubo estilo, ritmo y canción.

–¿Quieres visitar el pasillo? –preguntó, después de mi primer reposo.

Esperé un rato, para escuchar una mejor explicación de aquello.

–Es mi forma de llamarle al método invasivo – dijo finalmente.

–Oh… este, creo que en mi cartera –dije con mucho titubeo–, que la puse en la mesita, tengo uno o dos condones… bueno, si no están expirados.

–Leí en La Enciclopedia de la Mujer Soltera, en el tomo VIII sobre encuentros casuales, en la página 1,623 –dijo con voz de erudita –que en lo que respecta a parafernalia, para no dar mala impresión, debemos tener guardados un solo profiláctico y un tubo nuevo de lubricante. El tubo no debe estar arrugado como un tubo de pasta de dientes en las últimas. No estoy de acuerdo con lo de los profilácticos y en la farmacia conseguí una caja... No andas con prisa, ¿verdad?

—¿Existe tal enciclopedia? —pregunté.

—Puede que no, pero cuando exista, la información de la que hablo estará en la página del tomo indicado.

Reí de la ocurrencia y seguí riendo por nerviosismo. Era cierto que llevaba mucho tiempo sin hacer eso. Me imaginé un desenlace prematuro al que ella me diría que eso no era nada, que no me preocupara. Parece que me leyó la mente o me vio la cara de preocupación, pues dijo:

—No se trata de *performance*, vamos a disfrutar. Tengo varias ideas de lo que es eso... espero escuchar y mejor aún, practicar las tuyas.

Hicimos el método invasivo. Gocé la fuerza de ella, la cadencia, el ritmo y las cosas tan lindas que decía. La manera de llamar mi nombre, las descripciones que daba de todo, el calor del "pasillo", las envestidas con aquella dura osamenta y cómo podía, entre reposos, transformar el murciélago de caverna en hidrante una y otra vez.

Terminamos dormidos. Su parte superior en mis brazos, mi parte inferior atrapada en aquellas largas piernas. Los músicos del estereofónico, fueron lo suficientemente discretos y profesionales, pues no se detuvieron durante el espectáculo. Un abanico de techo nos hacía llegar el aire más rápido a nuestras pieles sin intermediarios.

Acabamos con parte del arsenal de látex, con el vino, con las frutas, con la fuerza.

Hablamos mucho. Me dio información necesaria para contactarla, incluyendo la dirección física para cuando quisiera aparecerme en taxi.

—Ven, que te voy a llevar —dijo—. La próxima vez, me gustaría que amanecieras aquí.

IV

El emparedado de manos se mantuvo por todo el trayecto en dirección a mi apartamento. Algunas veces lo interrumpía para maniobrar en la calle, otras veces lo hacía para tocarme, pellizcarme, apretarme.

—¿Me vas a llamar mañana? —preguntó.

—Claro que sí —respondí con tono de sorprendido.

—Tengo muchas cosas que decirte —dijo con interés y prosiguió—, cosas de mí que me gustaría supieras.

—Si son dolorosas no es necesario que las sepa; si pertenecen al pasado, dejémoslas allá.

Bostezó, subió un poco el volumen de la radio.

—Debes estar bien cansada. —le dije

—Muchacho, a las cinco y media estaba en el hotel y ya son las once y veinte de la noche. Ya no soy una nena, y después de la agradable pela que me han dado. Estoy hecha leña —continuó con un marcado repunte en la voz— y tú... tienes un ímpetu muchacho.

—*Wow*, estoy avergonzado.

—¿Avergonzado? ¿Por qué? —preguntó ella con marcada sorpresa.

—Tu comentario es como si un deambulante devorara, en segundos, la comida que le sirvieron.

—No te ofendas, tú mismo dijiste que hacía tiempo no tenías sexo... con otro humano. A propósito... ¿qué crees del bestialismo y la masturbación?

Me hizo desternillar de la risa con eso último.

—Cuando dije lo del deambulante —dije calmando la risa—, me refería a que mi "ímpetu" se originaba en la exquisitez del plato y no necesariamente en el ayuno involuntario.

—Galante, adulador —me dijo haciéndome cosquillas en el costado—. ¡Ay Chané! —dijo con un suspiro, luego de un corto bostezo–. Escúcha esto –dijo, esta vez como revivida.

Esperé unos segundos y, de pronto, la música *feelin'* se apoderó del auto.

Escuchamos cuatro o cinco piezas, las últimas dos las conocía muy bien. Al final del disco y ya cerca del estacionamiento de donde vivo, le dije con un exagerado acento cubano:

–Asere, mi sangre –a propósito de las dos últimas interpretaciones que fueron de Malena Burke y Graciela, con la orquesta de su hermano Machito.

Estacionamos en mi área. Dijo que conocía el lugar muy bien, pues lo usaba de atajo para atender clientes en Centro Médico.

–Entonces resulta que yo soy tu sangre –dijo con gracia.

–Bueno, todos somos la misma sangre –dije con ganas de filosofar–. Sabes quién es tu madre, porque alguien te lo dijo, creo que nadie recuerda el día en que salió de un vientre y lo estaba esperando un abusador para azotarle una nalga. Al final, todos somos hermanos.

–¡Ay, Chané! –dijo.

De inmediato escuché el clic del cinturón de seguridad, el sonido que produce el vinil del asiento y sabía que se quería acercar más, pero no imaginé que en vez de posar su cabeza en mi pecho, me embistió. Lloraba por lo bajo, pero lloraba.

–¿Qué te pasa, amor? –pregunté preocupado, mientras jugaba con sus cabellos y la nuca–. ¿Sabes qué?

–Dime, chulo.

–Ahora cuando duerma, me visitará una amante.

–¿Sí? –preguntó dudosa.

–Sí, bueno, vendrá su traje –dije esperando la reacción de ella, pero se quedó callada–. Ese traje lo diseñé yo mismo. Hoy alguien se lo midió y le quedó exacto.

–Galante, adulador –dijo, aún llorando–. ¿No te importa que sea vieja y fea?

–Dicen que de cosas viejas y feas están llenos los museos y la gente paga por verlas. Además, no fue necesario que te amarraras cantitos de chuletas al cuello para que jugara contigo.

–Bueno… Totó no era ciego ni vegetariano.

Luego de que riéramos de sus ocurrencias preguntó:

–¿Sabes qué fue lo más que me gustó?

–Saber, saber, mi reino por saber –contesté.

Pensé que no podía referirse a nada del *performance*: al terremoto aquel de 9.8 en la escala Richter con epicentro cerca de su uretra, ni al maratónico martilleo ruta misionera. Ambos habíamos llegado a la meta al mismo tiempo, desplomándome sudado en su pecho, y cuando recobramos el aliento ella celebró: ¡*Woof, woof, woof*! ¡Otro, otro, otro! No, nada de eso podía ser. Tenía la certeza que de alguna forma lo que estaba presto a escuchar me marcaría.

–Te decidiste –dijo con pausa–, te levantaste, te arriesgaste, no pediste ayuda, superaste los inconvenientes y todo porque deseabas darme un abrazo.

Esto final lo dijo quebrándosele la voz.

–Esa… esa es nueva para mí –siguió a llanto abierto–. Que estúpida… ¿verdad?

El largo silencio que siguió a ese comentario, me hizo pensar más en ella. ¿Cómo esa bóveda de tungsteno, revestida de 20 pulgadas de hormigón, podía ser también tembleque? No sé por qué, pero se me salieron unas lágrimas. Pensándolo bien, no creí que fuera un caso de mujer maltratada, sino uno de una no tratada. Una mujer brillante, independiente, feminista, honesta, liberal en su sexualidad y negra: en esta sociedad era, ella misma, un libreto para una película de horror.

Sentí sus dedos posarse sobre mi mejilla. Tocó y movió sus dedos sobre las lágrimas.

—Qué bueno —dijo—, tus ojos están perfectamente bien. Para compensar por ceguera, están los demás sentidos y la inteligencia... para drenar el corazón están los ojos. Estoy tan contenta —dijo, con el ánimo de un conferenciante de motivación y rompió el pesado silencio—. Vamos a fugarnos un fin de semana por ahí adonde nos coja la noche.

—Eso me encantaría —dije aclarando el nudo de la garganta—. Claro está, mi interés es por fomentar el turismo interno, con lo mal que está la economía. Bueno, me bajo —dije—¿dónde está mi chaqueta?

—Aquí está todo papi, también la corbata y el bulto en el piso de la parte de atrás —dijo ella y añadió—. Ah, esto por poco se me olvida.

Sentí en mis manos una bolsa plástica, con el ya tan conocido formato de las cinco y un cuarto pulgadas cuadradas y casi tres octavos de espesor.

—¡Un CD! Qué rico, gracias. ¿Quién es?

—Óyelo mañana y luego me llamas —dijo y bostezó—. Estoy acabada.

—Pues subiré esas escaleras corriendo, abriré el portón y, cuando entre a la casa y no me estés mirando, me arrastraré hasta la cama. Mañana, antes de escuchar el CD y llamarte, buscaré algún servicio de *Prostate–R–Us* y haré cita con el ortopeda a ver si se me pueden reforzar las rótulas.

Una carcajada fue lo último que escuché de ella.

Cuando abrí el portón cometí la impertinencia de empujarlo muy fuerte, después de rebotar me golpeó la cara. Una de las barras me dio en la boca.

—Ándate, hoy hasta el hierro ornamental me está besando.

Esto último que dije me puso a pensar y a recrear la película de todo lo que había sucedido hoy.

133

Lisy en ningún momento me besó en la boca. Ni siquiera cuando estábamos en la posición misionera.

Mi sabio hermano, que no tiene empacho en admitir de dónde aprendió lo que sabe de mujeres, me hubiese dicho:

—Las putas no besan en la boca.

Finalmente me fui al cuarto y me dormí. No llorando, como hubiese sugerido Bobby Capó, pero sí pensativo, muy pensativo. Me levanté un momento, tomé la bolsita plástica que había puesto en la mesa y saqué el CD. Pensé escucharlo en ese momento, pero lo metí debajo de la almohada.

V

Creo que dormí unas cinco horas y media. Podía escuchar el ruido del ventilador de mi hermana en su cuarto. Me dediqué a escuchar una novela de los libros parlantes de la Biblioteca para Ciegos.

Luego me levanté, preparé desayuno, e hice mi rutina de ejercicios.

A eso de las siete de la mañana, llamé a mi hermana Carmen que vive en las Islas Vírgenes.

—Hola, Dios bendice este encuentro —contestó como la recepcionista de una corporación.

—Hermanita, ¿cómo está todo?

—Hola precioso, ¿a qué se debe esta sorpresa tan temprano?

—¿Contigo trabajaba una tal Lisy en el hospital?

—¿Lisy? ¿Cuál es el apellido?

—No lo sé.

—Pero, ¿dice ella que me conoce?

—No, no hablé con ella. Hablé con unas personas anoche y salió ese nombre a relucir.

—¿Ella es enfermera?

—Tampoco sé eso.

–Bueno, lamento que no te pueda ayudar, precioso.

Pregunté por doña Benita, su suegra, y por otras personas que conocí por allá. El resto de la conversación era para rellenar, desde ya sintiéndome mal por haberle mentido a mi hermana mayor, cosa que pasa en menos ocasiones que los eclipses solares.

De pronto, de la nada, pregunté:

–Carmen, ¿quién es Chané?

–¿Hombre o mujer?

–¿Tú conoces a alguno? –me interesé en la respuesta.

–Estaba Chané, el hermano de Papún el sordo, que ya murió. Y está también Chané la prima de papi, que es de allá de Caimito.

En ese momento me imaginé que era uno de esos vehículos, 4X4, que pasa por caminos empinados, escabrosos, pedregosos, baches y todo eso y al final, termina en una avenida bien pavimentada.

–¿Esa señora tuvo hijas?

–Tuvo tres. La mayor, Cuchi, murió en un accidente de carro en Sabana Abajo.

¿Cómo se llaman las otras dos?

–La menor es Esther, que también le sirve a Cristo, alabado sea Su nombre, y la del medio creo que se llama Sandra... 'pérate, 'pérate, creo que a la que le decimos Sandra, se llama Lisandra. De ahí habrá salido lo del nombre, Lisy y lo de Chané... ¿Aló, aló? ¿Estás ahí?

–Sí... ¿Aló? Estoy aquí –fingí, pues la estuve escuchando en todo momento–. Entonces, ¿qué quedan ellas de nosotros?

–Ellas dicen que son primas, pero tú has oído hablar que papi no vivía conforme a la Palabra. Bebía mucho y tenía queridas por ahí, hasta mami lo sabía. Lo que dicen es que Chané y él tuvieron algo. El que era

135

marido de Chané, entraba y salía en sus vidas y al final las abandonó.

—¿Cómo es eso?

—Bueno, si alguna vez necesitamos una transfusión de sangre, el Señor tienda su santo manto, llamar a una de esas muchachas no sería mala idea, ¿sabes? ¿Aló, aló? ¿Estás ahí, aló?..

—Estoy aquí... ¿Cómo...? ¿Cómo es esa Lisy? —pregunté con la esperanza de que me describiera un físico distinto al que ayer estudié en detalle.

—Flaca, larga y prieta; bien parecida a tu otra hermanita cuando era flaca y usaba el afro. Mucha gente las confundía. Era brillante. Creo que tiene un doctorado. Sicología... Sexología... algo así. Todas ellas fueron cuatro puntos de promedio desde el saque. Me dice Esther, que Sandra siempre está pendiente de todos en la familia, que cuida de Chané que está bien viejita y creo que por eso nunca se casó.

"Cuando hablé con Esther, me preguntó si tenía fotos de Cuchi, la que murió en el accidente. Le dije que sí y le pedí a Edward que le hiciera a las fotos eso que ustedes hacen en computadoras, pa' limpiarlas y hacerlas más grandes. En el álbum que está esa foto, hay una en que están Sandra, Esther en la falda de ella y tú al lado. Esa foto se tomó a finales de octubre cuando se conmemoraba lo de la muerte de papi, el primer o segundo aniversario, así es que tú tendrías once meses o casi dos años. Sandra estaba con el uniforme de escuela, estaría en tercer o cuarto grado. Ella le lleva como dos o tres años a Rosa. Esa foto, también le dije a Edward que la arreglara y le sacara copia. Se las envié por correo.

"Por los bochinches y bembeteos, Chané casi nunca iba a visitarnos. A las nenas las llevaba un tío. Tengo la dirección de Esther, el teléfono y todo; la deberías llamar".

Luego de una larga pausa, comenzó el:

–Aló... Aló, estás ahí... Aló

–Estoy aquí –aclaré la garganta y dije–. Está bien, entonces te llamo más tarde cuando tenga la grabadora para pedirte la información de Esther.

–Muchacho, me llamas solo los fines de semana, debe ser porque es gratis...

A este comentario, siempre le acompañaba algún chiste de mi parte, esta vez no me salió nada.

–Bueno precioso, que Dios te bendiga.

–Adiós –dije, presionando el botón del *end* en el móvil varias veces, para estar seguro de que la comunicación terminó y que no escuchara mi llanto.

El reloj parlante, que había dejado sobre la mesa, lo que siempre hago cuando brego en la cocina, sonó su "ding" y de inmediato el robótico: *eight o'clock AM*. La voz, el olor, el sabor y la piel de Lisy lo era todo en ese momento. Curiosamente creí que habían pasado unos veinte minutos de pensamiento cuando el reloj volvió con el "ding": *nine o'clock AM*. Solo puedo recordar, fuera de Lisy, que lloré varias veces. Me fui al cuarto. Me tiré en la cama con tal descuido que me golpeé el codo con el tocacintas de libros parlantes.

Me recosté por un tiempo. Esta vez no tenía forma de saber cuánto había pasado.

Metí la mano debajo de la almohada esperando no encontrar nada. Ahí estaba el disco compacto. Si ella es tan brillante y elocuente como me demostró, aposté a que el CD era una antología de *Feelin'*.

Me acosté boca arriba y recordé un relato que escuché en uno de los libros parlantes. Contaba que un hombre comió, por error, carne envenenada. Le consiguieron un té que sería el antídoto. Le dijeron que después de tomar la pócima, tendría alucinaciones, perdería la memoria, le saldrían manchas en la piel, tendría vómitos, diarrea y toda una serie de calamidades, pero que al final se curaría y posiblemente tendría una vida normal.

137

Tampoco recordaría mucho del pasado. El hombre se incorporó como pudo de la cama, pasó de largo la mesa donde estaba la taza con la infusión curadora, fue directo al zafacón en donde habían echado el resto de la desgraciada carne. Comió todo lo que quedaba y murió cuatro horas después. Siempre consideré estúpida esa historia, ahora le encuentro sentido.

Con los ojos bien abiertos hacia arriba y con el disco compacto en el pecho, repetí:

–Lisy es mi amante. Mi hermana Carmen se ha vuelto mentirosa, disparatera y fantasiosa. Lisy es mi amante. Mi hermana Carmen, se ha vuelto mentirosa, disparatera y fantasiosa. Lisy es mi amante. Mi hermana Carmen, se ha vuelto mentirosa...

Emancipadores y sicarios

En mi juventud, como soldado, obedecí a mis superiores e hice una serie de actos despreciables. Solo uno de ellos me atormentó y creo que así será hasta el final de mis días. Le quité la vida a un gran hombre.

La primera vez que oí de él fue en una reunión en casa de mis tíos.

—Es un liberal y estuvo muy bien que lo relevaran de su cargo —dijo Juan.

—Peor que eso, es independentista —aclaró tío Félix, el del problema con el juez.

—Anda con otros, abogando por la abolición de la esclavitud —volvió Juan.

—¿De quién hablan? —me atreví a preguntar.

—¡De Segundo Ruiz Belvis! —gritó tío Félix—. El atrevido juez de paz que me deshonró.

Tío me llamó aparte y me dio instrucciones para que averiguara todo sobre este hombre. Dijo también que Ruiz Belvis gustaba, junto al galeno Betances, de buscar apoyo en otros países para sus causas y que si personas así prosperaban y les permitíamos envenenar las mentes de los jóvenes con sus discursos, mi futuro y el de los incondicionales a España, serían inciertos.

—¿Qué debo hacer con la información cuando la obtenga? —pregunté.

—Sobrino, es tu deber como soldado acabar con ese hombre —dijo apretándome el hombro con aquellas enormes manos.

Desde ese día, todo cambió para mí. Tenía la misión de acabar con la vida de alguien que quería subvertir el orden y, en lo personal, al hombre que deshonró a mi tío públicamente.

Me reuní con varios amigos leales al gobierno y muy discretos para no hacerse notar en los lugares. Vestían y hablaban distinto con el fin de llegar cerca de los líderes liberales o que alguien les brindara alguna buena información.

Recibí una confidencia y entendí que tenía cerca a Ruiz Belvis. Por desgracia, hubo un motín de astilleros en San Juan que hizo que el gobierno enviara a la Guardia Civil para intervenir con todos los liberales. Esto produjo que Ruiz Belvis y Betances huyeran a la vecina isla de Santo Tomás.

Lo perdí por unas semanas, pero me llegó información de que estaba en Santo Domingo y el galeno Betances en Nueva York. Luego me enteré de que iría a Chile, pues este país junto a otros, le había declarado la guerra a España y Ruiz Belvis buscaría apoyo de esos desleales.

Me mantuve a cierta distancia, pero llegamos en el mismo barco a Panamá. De allí viajamos a la costa del Pacífico y zarpamos en el vapor "Santiago". Al segundo día de viaje, hice contacto con él. Se veía cansado, aun así, me trató con respeto. Le hice creer que era un liberal y que apoyaba al presidente de Chile, José Joaquín Pérez, por declararle la guerra a España.

Después de eso, se mostró más simpático y me habló de la necesidad del apoyo de otros pueblos a nuestra causa. Habló de que la abolición de la esclavitud era una pieza central en todos los reclamos.

Por supuesto, cambié mi nombre, si hubiera sabido que mi apellido es Marquesina, encontraría el parentesco que tengo con el general a quien él deshonró.

Llegamos el 27 de octubre a Valparaíso. Averigüé que se hospedaba en el hotel Aubry y busqué alojamiento en una pensión cercana. Lo observé por varios días: sus entradas y salidas. Cada día se veía más quebrantado de salud.

Lo encontré al frente del hotel y lo convidé a cenar. Me dijo que debía hacer varias lecturas, que descansaría un poco y que luego estaría listo para cenar conmigo.

Durante la cena, me preguntó si conocía al doctor Betances. Le contesté que no.

—Es un hombre visionario que quiere cosas buenas para nuestro país —dijo mirándome —dentro de poco, seremos parte de la comunidad de países libres.

No reaccioné a eso que dijo ni al resto de las cosas que parecían el presagio de algo. Todo aquello de los países simpatizando con causas, en boca de Ruiz Belvis, parecía que estábamos a la entrada de grandes cambios.

Se volvió a sentir mal y lo auxilié. Le dije que le conseguiría algo para tomar y que le echaría algo de limón y sal. No tuve suerte con el limón, pero la sal me sirvió para esconder el sabor del veneno que le suministré.

—Iré a mi cuarto a descansar un poco. Muchas gracias por la cena —fue lo último que le oí decir.

Al atardecer del otro día, se había regado la voz de que Segundo Ruiz Belvis había muerto en su habitación. Era el 3 de noviembre de 1867.

Regresé a Puerto Rico a principios del 68. Mis tíos Juan y Félix me recibieron con mucho orgullo. Subí de rango y hasta fui invitado a una fiesta que daba el nuevo gobernador Julián Pavía.

En septiembre estalló la revuelta a la que llamaron "El Grito de Lares". Llegué a San Sebastián, donde hubo batallas, dos semanas después, cuando ya el ejercito había apaciguado a los revoltosos.

Estuve a cargo de sacarle información a los arrestados y uno de ellos, de nombre Vicente Gaspar, no pudo deshacerse a tiempo de una libreta y se la arrebaté de las manos. No era como la de los jornaleros, era más grande y gruesa. En ella había apuntes, nombres, fechas y códigos. Me sorprendió que aquel hombre supiera escribir.

En las páginas centrales, escrito con una letra grande y clara, aparecía algo así como la biografía de Ruiz Belvis. Luego pensé que este hombre, Gaspar, era un historiador. Decidí no presentar el hallazgo a mis superiores y me llevé la libreta a casa.

Leí todo sobre Ruiz Belvis. Decía que había sido elegido delegado en las elecciones de noviembre del 65 y que llegó a España para expresar las inquietudes ante el parlamento liberal, junto a sus amigos. Se llevaron una gran sorpresa, pues cuando llegaron, el parlamento había cambiado y ahora era más conservador y no escucharon lo que querían decir. Aun así, leyeron la declaración de la abolición de la esclavitud, con indemnización o sin ella. Debo admitir que aquello me conmovió.

Decía que Segundo, cuando heredó la Hacienda Josefa de su padre, liberó a los esclavos.

El incidente con mi tío también estaba resaltado en el escrito. El escribiente calificó a Ruiz Belvis como recto, valiente e incapaz de fallar a su deber como juez de paz. Termina todo el escrito diciendo que Segundo Ruiz Belvis había muerto de muerte natural, de una enfermedad que lo acompañaba hacía un tiempo.

Me sentí muy triste de saber más que este historiador sobre ese particular.

Después de varias noches soñando con Vicente Gaspar, que para ese tiempo lo habrían fusilado, y otros sueños con Ruiz Belvis, salí hacia Mayagüez para averiguar un poco más acerca del incidente con tío Félix.

Hallé en las actas la orden de destitución. En conversaciones con amigos distinguidos, me enteré de que Ruiz Belvis se había resistido a concederle a mi tío el poder de aumentarse el presupuesto que tenía asignado. Segundo no accedió a ser sobornado por el general Félix M. Marquesina.

Este hallazgo convirtió ese día en uno de los más tristes de mi vida.

En el año 73 se abolió la esclavitud y me vino a la cabeza el cómo se hubiera sentido Segundo con este acontecimiento. Pero yo no se lo permití, fui el responsable de que él no estuviera aquí, celebrando el fin de algo que ya todas las naciones habían dejado atrás.

Pasó el tiempo y llegó aquel año del 87, de mala recordación. Le llamaron "El Año Terrible". Fui llamado a administrar aquellos castigos llamados compontes y busqué todas las excusas para no hacer nada de eso. Nunca llegué a saber cuántos hombres rectos fueron torturados.

No dejé de pensar en Ruiz Belvis. Cada 3 de noviembre no podía salir de mi cuarto. ¿Por qué lo maté? Él pudo haber muerto por sus padecimientos y yo no tendría que estar viviendo con este tormento. Todo el tiempo me abracé a lo que me contó tío Félix y ahora sé que no hubo tal deshonra.

A principios del 98 me senté en el balcón esperando a un soldado que vendría a reunirse conmigo. A lo lejos, pude ver una silueta que se hacía más grande al tiempo que se acercaba. Se bajó del caballo como si tuviera prisa y primero que nada me entregó un sobre. Luego hizo el protocolo militar para saludarme.

Le pedí que se refrescara con el agua disponible en la mesa.

—¿Sabes lo que dice la carta? —le pregunté.

—Sí señor.

—Pues habla… confío en tu palabra.

—Me han dado la misión de dar muerte al doctor Betances —hizo una pequeña pausa y prosiguió— me dicen que usted es el más indicado para orientarme sobre este arte.

Lo observé con detenimiento, era mi viva imagen treinta y cinco años atrás. El cuerpo firme, la obsesión con el deber, los ojos en busca de esa gloria...

—¿Sabes dónde está el doctor Betances? —pregunté.

—Después de las confesiones del anarquista Angiolillo Lombardi, de haber dado muerte al presidente del gobierno...

—Sí, sí soldado, yo también leo periódicos —lo interrumpí.

—Me dicen que está en París. Varias personas saben de su paradero y se ha confirmado que le pagó a Lombardi para acabar con Cánovas del Castillo —después de una pausa, irguió su fornido cuerpo y preguntó —¿cómo debo proceder?

Esta vez no lo miré, miré a lo lejos, luego fijé la vista en sus botas y de ahí subí la vista a los ojos. Él debió notar la tristeza en los míos...

—Vaya a París si quiere, disfrute del lugar, me dicen que es una gran ciudad. Olvídate del doctor Betances.

—¿Señor? —dijo confundido.

Después de estudiarme los ojos por un tiempo, preguntó:

—¿Por qué?

—Por tu bien, toma el consejo que te doy. El doctor Betances es, también... un gran hombre.

El informe

A los patriotas: Liliana García y Raymond Soto.

Bitácora c11 15 de mayo de 2009
En la casa del sujeto, al frente tienen una bandera de Puerto Rico con un color azul descolorido y la otra, alguien me dijo, que es de Lares. La esposa del sujeto debe ser de Lares, pues a él lo he investigado durante mucho tiempo y sé que es de Caguas.

Como se podrán imaginar, la pareja no se parece en nada a una pareja normal: ella no se maquilla, él no se afeita ni se recorta, no tienen hijos... en ese sentido no buscan pasar inadvertidos. La otra vez, paseando al perro, busqué en la basura y no encontré nada fuera de lo común.

" **Fin de informe** **"**
Vigilante: c11–03 sujeto: d54

Envié el informe al resto de los vigilantes, a la página que tenemos en la red. Siento que he hecho lo debido, lo que el país me exige para mantener al vecindario libre de malas influencias y de personas que no creen en nuestro sistema democrático de vida.

Bitácora c11–19 de mayo de 2009
Aproveché que el sujeto y su "compañera" no estaban en la casa y que la vecina de enfrente había salido, para ver qué dejó el cartero: lo de siempre; un semanario de independentistas, una revista en inglés *Workers* algo así (admito que mi inglés no es muy bueno), cartas de foros, amnistías y todo de ese tipo de propaganda.

Nada anormal, ningún documento de Cuba, Venezuela o de algún país árabe.

Corrección: mi esposa pudo conversar con la "compañera" del sujeto y averiguó que ella es de Río Piedras... parece que lo de la bandera de Lares es algo histórico.

"** Fin de informe **"

Vigilante c11–03 sujeto: d54

Desde que creamos este grupo de Vigilantes Patriotas, hemos reclutado a muchas personas interesadas por el bien de nuestra nación. En ciertos lugares de los Estados Unidos, hay sujetos investigados por su relación con agitadores, líderes negros, hispanos, musulmanes, pero la idea es tener toda la documentación necesaria por si algún día el *Bureau* necesita nuestra colaboración. Además, para alertar de los vicios de esta gente y de cómo corroen las comunidades.

Bitácora c11 – 28 de mayo de 2009
Nada importante. Escuchan canciones de protesta y tanto el sujeto como su "compañera" declaman poesía sin vergüenza alguna. La "compañera" del sujeto le obsequió un libro de historia a mi hija, pero claro está, advertí a mi hija y el libro terminó en el zafacón.

" Fin de informe **"**
Vigilante c11–03 sujeto: d54

Cuando a uno de los vecinos se le ocurrió la idea de hacer una escuelita bíblica para los niños del área, mi esposa y yo respondimos de inmediato. Nuestro hijo de 6 años no faltó a ninguna de las clases. El vecino, no había dudas de que era un hombre de Dios. Si los niños construyen en roca, serán fuertes. Luego no hay que temer que haya gente tratando de socavar la fibra moral.

La "compañera", o como sea que ellos se hacen llamar, ha estado conversando con la esposa de uno de los vecinos. Parece que no pierden la oportunidad para llevar su mensaje y hasta incluyen a las mujeres.

Como se podía predecir, la esposa del vecino, quien ha venido hablando con la "compañera" del sujeto, abandonó su hogar y sus deberes de esposa. Lo que se comenta es que está en una de esas casas protegidas.

Si hubiesen llevado el caso al pastor de la escuelita bíblica, hoy mismo ese matrimonio estaría unido. El vecindario se corroe poco a poco.

Bitácora c11 – 4 de junio de 2009
Llegaron dos personas a la casa del sujeto. Por reloj estuvieron adentro unas dos horas y cuarenta y cinco minutos, no se escuchó nada. Saqué a pasear a mi perro y con la rondita, anoté el número de la tablilla del auto de quien los visitó.

Hoy están repartiendo propaganda antiamericana. Dejaron en mi buzón una hoja invitando a una manifestación exigiendo la liberación de lo que ellos llaman "presos políticos" y en contra del FBI.

Ninguna novedad. Dos muchachos del vecindario están en la calle. No creo que tengan relación ninguna con el sujeto. Los muchachos atienden a sujetos en autos que se detienen, bajan el cristal, parece que se hablan y el auto sigue su rumbo. En ningún momento el sujeto se relaciona con ellos. Están en la esquina. Uno de ellos está constantemente usando su teléfono móvil, pero no creo que tenga relación con el sujeto.
" * * **Fin de informe** * *"**
Vigilante c11–03 sujeto d54

Me surgió un problema: mi computadora no sube, y en la cámara digital tengo fotos de los visitantes del sujeto. A uno de los vigilantes le gustará saber que la persona en la foto es la misma que él fotografió en su

149

área. Creo que es un abogado de Derechos Civiles o alguna estupidez de esas.

Necesitaba la computadora de mi hija para terminar este informe. Estaba prendida y tenía un mensaje de alguna de sus amiguitas. Mi hija está en la edad esa de coquetear, últimamente no sale del teléfono y varias veces ha regresado del cine llorando, seguramente amorcitos... es bueno que aprenda desde ahora. El mensaje dice algo de *dile a tu mamá que vas para casa de alguna de tus amigui...* Cerré la pantalla. El sistema me preguntó si quería guardar el mensaje, pero no parecía asignación ni nada de eso y contesté que no. No había tiempo que perder, debía enviar estas fotos a la mayor brevedad posible.

Bitácora c11 – 8 de junio 2009
Se escucharon varias detonaciones fuertes... parecían de arma automática de alto calibre. El chillar de neumáticos y el grito que siguió, me pareció un *hit and run*. Inmediatamente, saqué los binoculares para observar la casa del sujeto. Prendieron la luz, pero no creo que los disparos estuviesen relacionados con él.

Al otro día nos enteramos que hirieron al muchacho que se pasaba en la esquina... el que usaba mucho el móvil. Aquí hay muchas armas, no deben caer en manos de gente irresponsable... En los años 50, los nacionalistas las usaron, debemos estar alertas.
" Fin de informe **"**
Vigilante c11–03 sujeto d54

Hablaba con mi esposa, cuando se escuchó una gritería... el sujeto forcejeaba con el pastor de las clases bíblicas y consiguió derribarlo. Una de las vecinas, con su hija llorosa, increpaba al pastor. Llegué al sitio, todo el tiempo pendiente del sujeto.

—¡El desgraciado estaba tocándome la nena! – gritaba la vecina.

El sujeto dijo la ridiculez de que se trataba de un arresto civil y allí, en la propia marquesina del pastor, lo mantuvo sentado hasta que llegó la policía. Luego llegó una funcionaria del Departamento de la Familia.

La vecina se querelló y el pastor fue detenido. En ese momento nos miramos todos. En todos los rostros había rabia, pero yo no podía entender... debió ser una equivocación de la vecina.

Mi hijo de seis años se abrió paso entre su madre y yo. Traté de detenerlo. Frente al policía, arremetió a puños contra el detenido.

—¡Métanlo preso... saquen las pistolas! –decía mi hijo con rabia.

Después de un largo silencio, que le dio tiempo a la funcionaria para observar todo, sujetó al niño, nos dio una mirada y le dio instrucciones a mi esposa para que entrásemos en la casa.

Ya a punto de cerrar la puerta, vi como las personas se aglomeraban alrededor del sujeto...

Pude abrir un espacio por la cortina, para seguir observándolo.

La funcionaria hizo una llamada desde dentro de la casa, pidiendo ayuda de algún personal de apoyo. En ese momento mi esposa recibió una llamada.

—¿Quién? ¿La nena? Ella no está aquí... ¡Me dijo que iba para tu casa!

Seguí observando al sujeto... quien lo ve... todos creen que es un héroe.

Las mujeres de la epifanía

A las magas: Margarita Asencio, María Benedetti y Maritza Pérez.

I

Llegaron tarde. Las tres mujeres visitaron cada casucha del poblado. No había humanos ni animales. Todavía se notaban las señales de violencia en las paredes, pisos y se sentía el hedor. Pensaron que la defensa de las criaturas menores de tres años, debió de haber sido cruenta.

Sabían que los sobrevivientes se levantarían y continuarían sus vidas en otro lugar, pero juntos.

Usaron el razonamiento para tratar de encontrarlos. Aquellas familias tenían hijos e hijas que estaban fuera de las edades que incluía la fatídica orden. También tenían animales para la alimentación y la labranza y debía haber personas envejecidas o enfermas. No podrían apartarse del cauce del río, no podrían atravesar caminos escarpados y buscarían algún lugar donde la naturaleza fuera generosa en alimentos.

II

Luego de una larga jornada, las tres mujeres dieron con la comunidad.

De inmediato, ellas se presentaron y se pusieron a la disposición del incipiente pueblo. Las tres mujeres eran sabias en varios asuntos. Una de ellas era partera y conocía de ciencias y matemáticas; otra era nodriza y hablaba de yerbas curativas y de agricultura. La otra era cantora, contaba cuentos y hablaba de política e historia.

Se sintieron felices de hallar el lugar y, comprometidas a ser útiles, comenzaron su misión.

Inmediatamente, la partera hizo sus artes entre las embarazadas. Con ayuda de la nodriza, usaron aguas esterilizadas por plantas y fueron acompañadas por la voz tranquilizante de la cantora.

En ocasiones, la partera les hablaba a los carpinteros de cómo hacer mejores casas más resistentes usando todo lo que producía la naturaleza del área. También hablaba de la astronomía y le gustó la discusión que se formó en torno a que si era posible localizar un lugar específico en la tierra guiándose solamente por una estrella.

Una de las mujeres respondió que no era posible. Hacía más de cuatro siglos que se conocía, según un sabio de Mileto, que la tierra era esférica y que, debido a la distancia a que estaban las estrellas, no era posible ubicar un punto en el planeta. También surgió la discusión sobre la leyenda de los Sabios y el Mesías. Otra de las mujeres contestó que conocía de otra leyenda en la que todos los niños y niñas nacen para salvar al mundo. Que precisamente por eso era que había una infinidad de estrellas... una para cada nacido. Se pueden ver de cualquier parte del planeta porque en todas partes, todos los días y en cada momento, nacen salvadores y salvadoras.

Añadieron que las criaturas vienen a salvarnos... a corregir lo que no está bien. Siempre, según ellas, los tres regalos que se les ofrecen son la libertad, la justicia y el amor. Cada una explicó qué significaba cada regalo y concluyeron que si faltaba alguno de ellos, no era posible ser feliz. Pusieron como ejemplo el que en ese momento, a ellos no les pertenecían las tierras donde habían vivido y por las que se habían sacrificado sus antepasados. El poder romano, representado por los soldados, les limitaba la libertad, no era justo con ellos y no era posible que los amaran.

Las mujeres educaron sobre otros temas como la astronomía. Les hablaron de la luna, de sus fases, de

153

cómo afectaba las mareas, de la importancia de ésta en la agricultura y en el ciclo menstrual de la mujer. Les hablaron del funcionamiento de la naturaleza, que no había necesidad de alterarla y que no eran dueños, sino parte de ella.

La nodriza enseñó a las mujeres la importancia de la leche materna, de cómo confeccionar alimentos y de cómo hacer remedios de yerbas para las crías. Además aconsejó a que dejasen quietas a las vacas y a las cabras, que su leche era buena sólo para el becerro y el cabrito; que si se alteraba la comida del animal, pronto no podrían degustar su carne. Que usaran el excremento para fertilizar la tierra. Este era perfecto para dar vida a plantas, aves e insectos. Cuando murieran los animales usaran parte de la carne para mantener alejadas del campamento a las bestias peligrosas. Los huesos, cuernos, pezuñas y piel, para beneficio de humanos y para inmortalizar al animal.

La cantora enseñó música, les habló de las leyendas, de los cuentos y de que conocer su propia historia era necesario para comprender el comportamiento de la comunidad.

Para ellas todos los niños y niñas eran iguales, sin importar su color de piel. Eso dio pie para que se reconocieran la diversidad tanto de género como de funcionalidad, de etnias y culturas. Aprendieron a hablar en lenguas distintas a su lengua nativa a pesar de que, en los libros sagrados, esto no estaba permitido.

Crearon grupos de maestros entre los adultos, escribieron manuales y otros materiales didácticos. Examinaron los libros sagrados, y determinaron que todo lo que no abonaba a la convivencia pacífica debía ser eliminado.

Nombraron al campamento "Campamento Inocencia" y se llamaban "inocentes" entre ellos.

A los adultos les enseñaban las artes militares, con la condición de que sólo fuesen usadas para liberarse o defenderse. En un futuro, si nadie agredía a nadie, no habría necesidad de usar esas artes nunca más.

III

Una columna de soldados romanos interrumpió la rutina del campamento una hermosísima mañana. Los inocentes se alertaron y las tres mujeres fueron al encuentro de los hombres de guerra.

–Bienvenidos a nuestro campamento -saludó una de las mujeres con entusiasmo.

Los soldados no respondieron al saludo, y continuaron la inspección del lugar con la autoridad que sus armas y su físico les confería. El líder pudo reconocer a algunos de los vigías y les envió una mirada torcida. Estos, ahora centinelas, habían sido soldados del imperio que desertaron por no estar de acuerdo con obedecer la orden de Herodes. Una mujer que le daba el pecho a su bebé, les sonrió y continuó con su labor. Los niños que se sentaban alrededor de un maestro, sonrieron a los soldados. El maestro los saludó y continuó con la piedra haciendo figuras geométricas en el suelo.

El líder de los soldados era un gran estratega y se percató de que aquellos jóvenes que labraban la tierra, agarraban las herramientas de forma particular y de que sus brazos estaban muy bien formados para sus edades. Las mujeres jóvenes tenían piernas musculosas y cinturones con bolsos… "¿cuchillos?", pensó. También notó que en todo el recorrido, ninguno en el campamento lo miró con detenimiento.

El resto de los soldados esperaba órdenes. La intuición del líder le decía que allí no podían atacar, violar, asesinar ni saquear. No vio en los ojos de ninguno el elemento necesario para esas acciones… no había miedo.

155

Las tres mujeres volvieron al encuentro de los soldados con agua y comida. Los hombres se acomodaron en el tronco de un árbol caído y empezaron a satisfacer la necesidad inmediata.

Una mujer de caminar lento, los siguió por el recorrido. Se llamaba Esther. Fue una de las que trajeron moribunda al campamento y se estaba recuperando. Se detuvo frente a uno de los soldados, quien tenía ojeras y se notaba cansado. A éste, en muchas ocasiones, había que hablarle más de una vez para que saliera del marasmo. La última vez que el soldado vio los ojos de Esther, estaban en una cabeza que sangraba, en un cuerpo semidesnudo que él mismo había restrellado contra la pared de una casucha.

El soldado se puso de pie, dio un paso al frente, sacó su espada y, cuando el líder estaba a punto de detenerlo, incrustó la espada en el suelo y cayó de rodillas ante la mujer. Nadie parecía entender aquella extraña coreografía. Esther, con mucha dificultad, sacó la espada del suelo, la levantó gimiendo en el esfuerzo y después de un tenso momento, con el mentón tembloroso y lágrimas, bajó la espada, ayudada más por el peso del artefacto que por voluntad. El soldado levantó la vista para encontrarse con la de Esther, la que con voz entrecortada dijo:

—Se puede ver que has sufrido y parece que estás arrepentido. Cargas contigo con el dios interno... si no se tiene ese, de nada vale en creer en uno fuera de ti —dijo ella.

Esther miró a cada uno de ellos. Mirada que ninguno soportó. Volvió a dirigirse al soldado que tenía, todavía arrodillado al frente:

—¿Cómo te llamas? —demandó la mujer.

El hombre subió la cabeza para volver al tormento de enfrentarse a aquel rostro. Después de un largo tiempo para contestar una pregunta que siempre tiene respuesta, dijo:

–Claudius -respondió y volvió a bajar la cabeza.

–Mi hijo se llamaba Elías y mi esposo Eleazar - le recordó ella.

El hombre permanecía arrodillado y lloraba sin consuelo. Una de las mujeres se le acercó y le dijo:

–La conciencia es como la historia... cuando no se tiene se cometen atrocidades. Te has perdonado... bienvenido al campamento.

Esther siguió mirando a los hombres uno a uno.

–Entréguennos sus espadas y sus armaduras... el herrero los puede convertir en instrumentos de labranza, utensilios y para las ruedas de los carruajes –añadió Esther en un tono que pareció más una orden, que una petición–. El día en que estas cosas no tengan otros usos, el César hará de la guerra una necesidad –sentenció.

Una de las mujeres cerró los ojos y los abrió para encontrarse con los de Esther. Esta última se dirigió al puesto del herrero, y en su accidentado caminar dejó atrás los comentarios y el sonido de los metales dando contra el suelo... la espada iba dejando un trazo.

El líder de los soldados comenzó a interrogar a las mujeres. ¿Quién dirigía el campamento? ¿A quién le debían obediencia? ¿A qué lugares iban a buscar riquezas?

El líder no entendió ninguna de las respuestas, pero aun así, se mantuvo calmado.

–Se siente más cómodo sin el peso de esos hierros –dijo el líder.

–Más pesada fue la orden –contestó una de las mujeres.

La mirada avergonzada del líder hizo pausa en cada par de ojos de las tres mujeres. La cantora se inspiró y comenzó un canto al que se le unieron las demás. La canción decía algo de construir una conciencia en el amor y el saber para luego sólo a ella obedecer.

—Yo y mis hombres podemos ayudar en lo que ustedes quieran —dijo de forma amable estirando el brazo derecho señalando en dirección a sus hombres.

Una de las mujeres hizo una mueca para comenzar una risa. El líder siguió la vista de la mujer y se percató que su brazo no apuntaba a nadie. Giró y pudo ver a cierta distancia a todos sus soldados en campo plano con una docena de jóvenes. Los soldados trataban de impedir que los jóvenes patearan una pelota, confeccionada de resina y piel de rumiante, hasta un extremo del campo. El líder se puso de pie y corrió gritando algo que nadie pudo entender. Ya en el campo lo colocaron en un extremo, entre dos estacas de madera y le daban instrucciones de que el objetivo del juego era que él impidiera que la pelota pasara entre las estacas. Las tres mujeres recogieron parte de los hierros y siguieron el surco trazado por la espada de Esther, hasta llegar al herrero que atizaba la fragua.

Sobre circos y bestias

A Pablo Santiago, quien a pesar de la ceguera,
tiene buen ojo para estos espectáculos.

Tres representantes de un circo llegaron un jueves en la tarde. De forma muy alegre, la mujer y los dos hombres caminaban, a veces danzaban, por los caminos de aquel pueblito olvidado, adonde nunca había llegado la magia de un circo.

En el pueblo había dos grupos religiosos que coexistían en paz y mucha armonía. Los protestantes eran liderados espiritualmente por un pastor y su hijo como ayudante. El otro grupo, los católicos, seguían a un sacerdote viejo que dependía en gran parte de la ayuda de su monaguillo.

Ambos grupos estaban de acuerdo con que la televisión era un instrumento del Maligno; el pastor llegó a decir que el cable de conexión eléctrica era el rabo. También había consenso en que la ciencia era una forma de confundir las almas, que el arte no cristiano era inmoral y que las lecturas debían circunscribirse a La Biblia.

En el pueblo todos tenían las puertas cerradas y ninguno las abrió para escuchar los anuncios de los representantes del circo. Algunos abrieron las ventanas. La mayoría de los que observaban eran niños a quienes les llamaba la atención la vestimenta y lo que hacían los visitantes. El hombre que iba atrás en el singular desfile hacía malabares con cuatro pelotas mientras daba brincos de lado a lado. En ocasiones, daba varios pasos hacia atrás, para luego incorporarse al pequeño espectáculo. La mujer, en el medio, balanceaba un aro alrededor de su cintura y uno más pequeño en su brazo izquierdo, a la vez que, con unas zapatillas doradas, en ocasiones se paraba en puntillas. El hombre que encabezaba el desfile tenía sombrero de copa, una chaqueta negra, de esas

159

que tienen una cola larga partida en dos. Los pantalones eran blancos, las patas estaban metidas dentro de unas botas negras altas hasta las rodillas. Tenía un bigote fino y largo, pero lo que llamaba más la atención de los pequeños, era el mono que llevaba colgado del hombro izquierdo.

Aquel hombre hablaba a través de un altoparlante y mencionaba todo lo que encontrarían en el circo, dónde estaría localizado y cuándo comenzarían las funciones.

El lugar seleccionado era un predio cerca del pueblo donde se hacían actividades deportivas y, en ocasiones, ecuménicas. En estas últimas, eran invitadas varias organizaciones religiosas. Había que subir una pequeña cuesta para llegar al lugar.

El pastor envió a su hijo para que investigara cómo era todo aquello y el joven regresó pensativo:

—Papá, vi todo y no hay animales.

—¿Cómo? ¿Un circo sin animales?

—Solo hay una carpa y un escritorio, donde la mujer está sentada.

—¿Qué hay en la carpa?

—No me permitieron pasar para allá… dijeron que esta tarde traerían a una de las atracciones principales.

El hijo del pastor olvidó decir que el monaguillo estuvo por allí, que escuchó todo lo que se explicó y no hizo preguntas.

En la tarde el pastor fue al lugar. La mujer del circo estaba sentada en una silla hablando con una de las mujeres del pueblo que estaba interesada en comprar boletos para alguna de las funciones. En ese momento llegó el hombre del sombrero de copa en un camión. Lo estacionó detrás de la carpa. De inmediato el malabarista lo asistió, abrieron la puerta de atrás y aunque nada se podía ver, sacaban algo que según los rugidos era un animal. Un animal que ni el pastor ni la mujer, que compraba boletos, podían identificar.

—¿Qué es eso? —preguntó la mujer.

—Una bestia —contestó la representante del circo.

—¿Qué bestia? —se incorporó a la conversación el pastor.

—Es de origen desconocido y parte del espectáculo. Los demás animales irán llegando para el día del desfile el lunes.

—¿Es peligrosa? —preguntó la clienta.

—No, de ninguna forma. No hemos tenido problemas en ninguna parte... ya verán, le gustará a los niños.

El pastor y la clienta se miraron y partieron. Dos horas después había fila para comprar boletos. Una madre preguntó el porqué de comprar los boletos por adelantado. Se le explicó que eran más baratos. Además, añadió la representante del circo, es posible que no haya boletos el día de la función... lo mejor era reservar de antemano.

El malabarista, además de hacer el truco con las pelotas, se balanceaba en un monociclo. Loa adultos, en su mayoría, estaban acompañados de sus hijos, quienes les apretaban las manos a sus encargados, cada vez que rugía la bestia.

Desde la loma, tanto el monaguillo como el hijo del pastor, cada uno por separado, observaban todo.

Llegó el fin de semana y en los distintos cultos y misas no apareció dinero para diezmo ni ofrenda. Lo que se decía era que la gente del pueblo había gastado todo el dinero en boletos para las funciones del circo.

El domingo en la noche, el cura trató de comunicarse con el alcalde, para preguntar por permisos y credenciales del circo, pero no le halló. La mayoría de los niños pasaron la noche en vela esperando el desfile.

Muchos habían dibujado en sus cuadernos elefantes, leones y payasos.

Llegó la madrugada del lunes. El cura y el pastor fueron juntos a la lomita. Al tope de esta, estaban sentados el monaguillo y el hijo del pastor observando con duda y preocupación todo alrededor. No estaba el escritorio de la mujer, ni el camión y mucho menos la carpa. Solo se podían divisar unas cajas y algo de basura.

El cura y el pastor regresaron para dar la noticia de que todos habían sido timados. El monaguillo y el hijo del pastor se quedaron buscando entre la basura y las cajas. El hijo del pastor encontró algo que creyó importante, pero no compartió el hallazgo con el monaguillo.

El cura y el pastor dieron parte a las autoridades, quienes concluyeron que se trataba de estafadores profesionales. En medio de una conversación del cura con el pastor, llegaron dos mujeres, una de cada grupo religioso. La católica habló:

—Padre, anoche se escucharon unos rugidos por ahí en ese monte. Creemos que es la bestia de los del circo, que la olvidaron. Ahora está aterrorizándonos a todos.

La señora protestante, con rostro temeroso, asentía con la cabeza.

El cura y el pastor se miraron, arquearon las cejas y fue el pastor quien dijo:

—Veremos qué podemos hacer.

En toda la semana hubo misas y cultos. Muchas personas, quienes antes no visitaban con regularidad la iglesia, asistieron con devoción durante esos días.

En ese periodo, el hijo del pastor se adentró en el monte. Llegó al lugar que él mismo había acondicionado. Sacó una bolsa donde tenía pilas nuevas y comenzó a sustituir las que por la última semana habían dado energía a la reproductora de sonidos, en la cual se escuchaba aquel casete que encontró entre las cajas de los timadores. De pronto oyó un ruido de algo o alguien que se acercaba; temió que esa noche el secreto se sabría. No tuvo tiempo para esconderse cuando vio al monaguillo llegar con una carretilla. El hijo del pastor le salió al paso y preguntó:

-¿Qué quieres? –dijo en tono amistoso, un poco nervioso.

–Ayúdame aquí –dijo el monaguillo agitado.

–¿Qué traes ahí?

–Una batería de auto, un convertidor de corriente y una bocina. Para el lado de nosotros, la bestia casi no se oye.

:

José Antonio Benítez

José Antonio Benítez Meléndez nació en Río Piedras el 25 de noviembre de 1962. Tiene un bachillerato en Ingeniería de Manufactura con concentración en Robótica Industrial entre la Universidad de Puerto Rico, Recinto de Mayagüez y la Universidad Politécnica de Puerto Rico. Cursó además el Taller de poesía y cuento de Carlos Vázquez Cruz, el Taller de novela fragmentada con Rey Emanuel Andújar, el Taller de drama con Roberto Ramos Perea, el Taller de novela con María Zamparelli, el Taller de novela con Emilio del Carril y la Maestría en Creación Literaria de la Universidad del Sagrado Corazón.

En **Literatría furtiva en jazz** trabajó el cuento, aunque además escribe novelas y ensayos. Benítez tiene varios proyectos terminados, unos en proceso y otros comenzados. Además de **Literatría furtiva en jazz**, finalizó una novela titulada **Una hora de tu vida** trabajo de tesis para la Maestría en Creación Literaria con concentración en Narrativa. Pronto, cuatro novelas cortas formarán un libro que llevará por título: **Vocación: Vocación, Cual bandadas, Azúcar de dieta** y **El sándwich de mezcla**. Está trabajando con tres novelas: **La seducción de Mirín, En busca de Tomate** y **La piedra**. En los planes de José Antonio Benítez perfila la publicación de **Estenosis en las carótidas**, una segunda colección de cuentos.

Como persona ciega, desea que todas las lecturas sean narradas (audio libros). Esta forma de leer es más inclusiva y puede acompañar al lector al pasar del tiempo. Algo así como escuchar la radio.

¿Por qué escribo?

Escribo para vivir en la época, moverme por el espacio y hablar con quién me dé la gana. Ese es el poder que tiene la invención más importante de los humanos: la escritura. Puedo escribir de cómo han sido las cosas, como pudieron haber sido las cosas y cómo me hubiera gustado que fueran las cosas. La inconformidad con el mundo que me tocó vivir me llevan a, no necesariamente a mejorarlo, condimentarlo.

La escritura es una fábrica de objetos, que al pedido de tu mente, lo creas y lo usas. Puedes, inclusive, celebrar tu creación como también ser víctima de ella. Todo dentro del espectro de emociones (como ejemplo de contrastes) que va desde ser sádico a masoquista. Siempre desearemos hacer algo... o el deseo se limitará a que nos hagan algo.

Para definir la literatura debo comparar a quien escribe con un alambique. Utiliza, como materia prima, las experiencias, los anhelos, el juicio de lo que sucede; combinado con un poco de multiplicidad de personalidades y esquizofrenia. La rigurosidad y los detalles determinarán el color y sabor del elíxir que resulte.

Ese elíxir es el trabajo literario. Una realidad creada para enriquecer a un mundo, muchas veces, aburrido y lento. Esa literatura, licor al fin, cuando es buena altera los sentidos... embriaga. Para la continuidad, ese licor se usará nuevamente en otros alambiques para la confección de otras aguas espirituosas.

Cada humano es dueño de muchos universos. Algunos son heredados, otros son creados. Se utiliza la escritura para la construcción de estos universos como una de las mediaciones más trascendentales. A mayor inconformidad con los universos heredados, mayor la creatividad para los creados.

La literatura es un licor que se le ofrece, y muchas veces consumen, aquellas personas cuyas conciencias les recuerdan todos los días que la vida está incompleta.

El cuento lo puedo practicar de forma oral. No podría contar una novela, pues, aunque pueda dar todos los detalles y mantuviera el orden lógico de eventos, no habría quien me escuchara por todo ese tiempo. Siempre admiré a las personas que podían contar buenas historias. La mayoría eran historias vividas y contadas con un lenguaje corporal, facial y con una inflexión y volumen de voz que las hacían más interesantes.

El lenguaje escrito es más limitado, pero los cuentos nos permiten alterar las historias. Los relatos de la vida diaria, que deben ser ciertos en la mayoría de sus partes para que quien cuenta no sea acusado de mentiroso (en cuyo caso le recomendamos que incursione en la ficción), tienen la limitación de la camisa de la realidad, el reloj de cuándo, y la descripción de qué y cómo sucedió. Los cuentos escritos sobrepasan esas limitaciones. Para mí, un cuento es la manera de sintetizar de forma dramática, con actuantes y situaciones, mis ideas. Es un ejemplo para demostrar lo que quiero decir con el uso de unas técnicas establecidas o creadas para alterar la quietud del lector. Lo anterior en un periodo de tiempo, mental y no cronológico, en donde el lector no se distrae mientras lee, equivalente a la tensión y concentración que generan un torcido de oreja, un pinchazo de aguja o un beso.

La literatría, como la defino, es la ciencia que estudia los trastornos mentales de aquellas personas quienes no están expuestas, no generan o no consumen literatura. La literatura puede ser agradable, reconfortante y conforme al funcionamiento aceptado. La de este

168

libro no es necesariamente así. Es furtiva, porque apela a ese sentimiento de no querer ser observado cuando se lee, a la vez que somos unos voyeurs de la intimidad de los personajes. Intenta hacer que tanto la persona quien generalmente es victimizada y quien generalmente es victimaria, se sientan identificadas, porque los lectores son de ambos grupos y los protagonistas de **Literatría furtiva en jazz**, también. Es estar presente en el diálogo entre contrarios, amigos, amantes; el observar cómo se desea, cómo se disfruta, cómo se odia, cómo se ama, cómo se asesina. La vida en sus sabores y colores.

En estos cuentos se hace referencia constante a la música. Una musicalidad que en algunos casos es de tempo en contratiempo, irreverente, festiva, solemne; siempre con las constantes de alterar las neuronas y excitar al resto del cuerpo.

La música puede ser organizada con una partitura, o improvisada. Esa improvisación, donde le permite al intérprete tocar las notas, ligadas o separadas, libres en extensión y compás, se le llama jazz. Así es esta literatura. **Literatría furtiva en jazz** es una muestra de locura *voyeur* en la cual los personajes son libres para actuar sin que se sientan observados por quien lee.

-José Antonio Benítez

Sobre estas letras

El escritor puertorriqueño José Antonio Benítez se une a la Colección Imago de la editorial Lamaruca, Gesta Cultural Vitrata. Su libro **Literatría furtiva en jazz**, colección de cuentos, relatos y anécdotas, es una muestra literaria admirable. José se vale de las sinestesias, visuales y auditivas principalmente, para guiarnos en un proceso imaginativo indispensable para el disfrute de la lectura. ¿Qué mejor que los sentidos para sumergirnos en el gusto por el arte y para plasmar textos verosímiles?

"Sería jactancioso pretender que puedo hacer alguna aportación y no tengo claro que eso sea parte de los objetivos de un escritor. Cuando escribo, no pienso que si esta palabra o esta otra dará de qué hablar... Los conocedores de la literatura y los críticos compararán lo existente y determinarán que el libro muestra, si fuera el caso, cierto tipo de novedad. En cuyo caso, debemos ser críticos de los críticos y recomendarles a que lean más", declara el autor al preguntarle por la aportación que **Literatría furtiva en jazz** haría al mundo de las letras. Como lector insaciable, José Antonio Benítez nos invita a la lectura y a la renuncia del ego que mece a muchos creadores artísticos. En su texto, presenta realidades observadas y expuestas de forma crítica sin la necesidad de acudir a fórmulas grandilocuentes o extremadamente simples que, en ocasiones, solo persiguen una crítica controvertible o favorable.

Literatría furtiva en jazz se divide en cuatro secciones identificadas con imágenes que reúnen elementos claves de cada texto. La primera sección agrupa narraciones sobre personas que cargan con un trauma que los define como personajes. En la imagen, el libro representa a **Literatría**, como invitación a la lectura para evitar la enfermedad; la mujer con burka corresponde a **Asama Lico**, porque "Todo le llegó a la mente como una película" cuando la paz se convierte en oxímoron; y el sombrero es símbolo en **La noche que arrestaron a Santa Clos** y representa la dicotomía entre brindar y recibir: se brinda ayuda justiciera y se recibe un castigo.

La segunda sección del libro contiene textos sobre enfermeras. La imagen muestra un féretro abierto y dentro del mismo una cofia, un bulto, una jeringuilla y unas esposas con la cadena rota. **La oportunidad, Piedad de papel, Ruta de cimarronas** y **El primer eclipse** son los cuentos que forman a esta división. Son textos cargados de sensibilidad respecto a lo humano y la dación.

La tercera parte agrupa cuentos en que los encuentros de los personajes o sus posibilidades ocasionan las circunstancias polémicas fundamentales de la acción y en los que ciertos objetos son claves para el desarrollo, clímax y cierre. Por eso, la imagen muestra una botella de vino en cuya etiqueta se halla el dibujo de un saxofón, unas gafas oscuras, un disco compacto y una mazorca. **Invisible, Juguete, El maíz de la mazorca, La botella de vino** y **Jazz furtivo** forman esta sección.

La sección final inicia con la imagen de las siluetas de Ramón Emeterio Betances y Segundo Ruiz Belvis que contienen: un boleto de circo, tres coronas de reyes magos y la bandera de los Estados Unidos de América. **Emancipadores y sicarios, El informe, Las mujeres de la epifanía** y **Sobre circos y bestias** contienen representaciones críticas de la sociedad y la religión en un tono sarcástico e incisivo. Son cuentos que nos acercan a la realidad que como pueblo hemos intentado solapar con eufemismos históricos.

Literatría furtiva en jazz contiene un conjunto de textos sobre lo cotidiano en un léxico y trascender narrativo sencillo pese a que las circunstancias sean complejas. Su propuesta metafórica general es la de una ciencia que diagnostica, trata y cura la dolencia física, espiritual y social de quienes no leen y que, por lo tanto padecen de "no percatarse" y nos hace la invitación a sanar. Se le añade el concepto "furtiva", una mirada distante, que rechaza en sus voces narrativas el aspecto editorial y en que los personajes son productos de sus instancias sin que el codificador arremeta contra ellos. La metáfora se completa con el término 'jazz'. Se concatenan las alusiones musicales en este libro y se concretan como un elemento que modifica ambientes y atmósferas. En la poesía, el ritmo interior es la musicalidad que guía al poema y que, además de facilitar su lectura oral, añade emociones al texto. En este libro, la musicalidad es tema, es evocadora de tiempos y cultura y, como en la poesía, es provocadora de emociones y del fluir del narrador.

José Antonio Benítez indica lo siguiente: "Dar ejemplos por medio del cuento de cómo se dificulta el camino a la tolerancia, a la paz y la justicia, de quienes ahora no la gozan, son puntos de partida para el proceso creativo. Escribo desde el piso de la inconformidad. El mundo que me tocó vivir es 'mamarracho' y la escritura me permite tanto señalar cómo algo se puede arreglar y en algunos casos, crear un dios que se encargue de hacer las cosas bien. El estudio de las manifestaciones de los humanos en sociedad me ha llevado a resumir esas experiencias en forma literaria con el objetivo dual de, hacer saber que entiendo lo que pasa y contribuir a hacer un hueco para que la luz llegue en ese lugar donde la oscuridad es tan beneficiosa para pocos y nociva para muchos. Esos detallitos que hemos aprendido a no mirar y que representan la bacteria de la infección venidera... Escribir este libro y otros que aún gesto, me ha dado la

172

oportunidad de decir ciertas cosas. Pude hacerle un homenaje a mi madre en **El primer eclipse**, le he dicho a colegas escritoras, a pacifistas, a carpeteados, a ciegos perspicaces, a embarazadas que ambulan, a mujeres maduras que buscan amor en la Internet y a mujeres indispensables para formar una sociedad libre, justa y pacífica; que mientras escribo, no dejo de pensar en ellos y ellas. Ser enfermera, estar traumado, encontrarse para amarse o desamarse y los eventos históricos y filosóficos... son temas literarios". Por tanto, plasma en **Literatría furtiva en jazz** el interés por mostrar situaciones reales, próximas, tangibles que apelan a la sensibilidad social y al amor por las artes. Reflejan a un escritor consciente de su entorno y sensible ante los pares, que no está anclado en la fantasía divertida sin trascendencia.

-Mary Ely Marrero-Pérez

Agradecimientos

Agradezco a las personas a quienes les dedico algunos cuentos en este trabajo. También a Carol Weigle, María Bird, María "Chari" Dávila, Mayra Arroyo de Bermúdez y Nery Santos Gómez. Todas estas personas leyeron muchos de los cuentos y relatos que componen este libro y, además de señalarme los problemas ortográficos y gramaticales, me hablaron de lo que sintieron y de las imágenes que los textos les generaron.

Gracias al profesor Carlos Vázquez Cruz con quien tomé el primer taller de cuentos, en la Librería Isla por invitación de Marvia López y José Luis Figueroa; a quienes condujeron otros talleres relacionados a la literatura como: Rey Andújar, Roberto Ramos Perea, María Zamparelli; a los profesores de la Maestría en Creación Literaria en la Universidad del Sagrado Corazón: Luis López Nieves, Emilio del Carril, Elidio La Torre, Elena Lázaro, Ángela López Borrero, Isabel Yamín Todd y Reynaldo Marcos Padua. A todos ellos y ellas, profesores y profesoras, porque han provocado en mí el deseo de quitarle la tranquilidad a quien lee. A todos los compañeros y compañeras de estudios, pues de ellos y ellas aprendí la infinidad de situaciones que son también temas literarios.

Agradezco también a los escritores y escritoras a quienes he leído. Siempre quise hacerle a otros lo que ellos y ellas me hicieron a mí: afectarme emocionalmente, tener el hábito de buscar en la lectura la forma de completar mi existencia y ampliarme la capacidad de entender y tolerar.

A Mary Ely Marrero-Pérez, Saimara Alejandro Hernández y al resto del equipo que compone la Editorial Lamaruca, que con su talento, pasión y arte han resumido parte de lo que soy en tinta y papel. La experiencia ha sido maravillosa y gracias a sus atenciones creo que me he vuelto, a estas alturas, caprichoso. A Consuelo Arias Briceño por la meticulosa revisión del contenido de este libro.

A mi madre, quien en los hogares donde fue empleada doméstica, al momento en que las familias se deshacían de varios libros, llegaba con el tesoro a nuestro departamento en el caserío y los desparramaba sobre mi cama. Fue la misma que podía, de vez en cuando, pedir que le anotaran el monto de la última comprita en la libreta del colmado, que podía pedir prórroga de una semana para el pago del alquiler de la vivienda pública, pero el pago de las enciclopedias, cuyo número de mensualidades era mayor a la cantidad de tomos... siempre estuvo al día.

A Vilma, con quien completo los días y por ser mi primera lectora.

Escribo sentado en la montaña formada por el cúmulo de dedicación, intelecto, pasión y amor de todas las personas mencionadas y también le agradezco a usted, quien lee estas líneas y que completa la simbiosis literaria... espero que la experiencia le sea placentera.

-José Antonio Benítez
23 de mayo de 2015

José Antonio Benítez

˙Literatría furtiva en 🎷azz

Gesta Cultural Vitrata

lamarucagestaculturalvitrata@gmail.com

COLECCIÓN IMAGO

HECHO EN PUERTO RICO

Segunda edición: octubre de 2015